ぼくもだよ。

神楽坂の奇跡の木曜日

平岡陽明

角川春樹事務所

解説　新川帆立

ぼくもだよ。

神楽坂の奇跡の木曜日

1

人は食べたものと、読んだもので出来ている。

それが書評家、竹宮よう子の信念だった。

よう子は朝めざめると、ベッドの中から「オッケー、Google。今日の天気を教えて」とスマート・スピーカーに呼びかけた。

「今日は晴れ。最高気温は十七度です」とスピーカーが答える。

「朝の音楽をかけて」

「かしこまりました」

リビングから、ヴィヴァルディの四季より「春」が聞こえてくる。

するとアンがご主人さまの目覚めを察して、寝室に駆け込んできた。ちぎれんばかりに尾を振っているのがわかる。

「おはよう、アン」

よう子が挨拶すると、アンはぺろぺろと顔を舐めまわしてきた。若い犬の健康な口臭がする。胴輪をつけていないときのアンは、ただの甘えん坊のラブラドール・レトリバーだ。二人でリビングへ向かう廊下で、外の電線に止まるスズメたちの気持ち良さそうな歌が聞こえてきた。よく晴れた秋の朝は、生き物へのすばらしいプレゼントだ。

冷蔵庫から、きのう買っておいたお惣菜パックを取りだす。ひじきの梅酢サラダ、ブロッコリーのペペロンチーノ、おくらとコンニャクの和え物。これに無添加のだしスープを加えて、一汁三菜の朝食とする。本当はすべて素材から手作りしたいのだが、よう子にはハードルが高すぎる。

一つ助かっているのは、ここ神楽坂には、産地や鮮度にこだわった小さな食材屋さんが多いことだ。だから旬の野菜や、カラダにいい調味料には事欠かない。さすがは一流の料理人があつまる街だ。

アンにも餌をあたえ、ふたりで朝食をとった。よう子はゆっくり咀嚼しながら、きのう出版社の担当者である七瀬希子にメールした書評を頭のなかでたどり直した。

人は食べたものと、読んだもので出来ている。粗末な食事で自分を雑に扱えばどこか雑な印象の人間になるし、本を読む歓びを知らない人の会話はどこか退屈だ。人はからだの中に海を持っているというが、それは水塩比率のことだけではない。言葉の海でもあるのだ。その海に養分を与えてこないと、女は三十三歳ごろからきっちりツケを払わされる。それは肌の調子や交友関係、そして自己満足度にはっきり表れてくるのだ――。

　おおよそこんな内容だった。ある女性エッセイストの新刊にまつわる書評だ。文章には多少の気取りも入っていたが――だって商品だから――それは四十歳を迎えたよう子の実感に近い内容でもあった。

　よう子の書評はこのごろ、コラムに近づいてきた。「そろそろ他人のふんどしで相撲(すもう)をとってください。よう子さんはそういうステージに入ってきたと思うんですよ」と希子に指導されたからだ。

　朝食を終えると、メールチェックをした。希子から返信が届いている。iPhone の読み上げソフトが、

「件名　すばらしかったです」

　と独特のイントネーションで読み上げる。

「本文　お原稿ありがとうございました。とても素晴らしい原稿でした。いつも思うのですが、よう子さんの書評って、それだけでひとつの作品ですよね。わたしもウカウカしてるとツケを払わされる年齢になってしまうので、気をつけたいと思います！　校正に通し、このままアップさせてもらいますね。ところで、来週のランチ会はまた『想(おも)いの木(き)』でよ

ろしいでしょうか？」

書評の締め切りは月二回、隔週木曜である。そして締め切りのない週の木曜は神楽坂ランチするのが二人の決め事だった。

締め切り、ランチ、締め切り、ランチ。

よう子の一ヶ月は、四回か五回の木曜日を軸に回っていた。

よう子は「オーケーです」と返信したあと、希子ちゃんも気が早いなと微笑を浮かべた。まだ二十七歳のはずだ。でも東京の出版社でバリバリ働く女性の六年なんて、たしかにあっという間なのかもしれない。そんな風に働いたことがないからピンと来ないけれど。いずれにせよ、原稿を褒められて安心した。

キッチンへ行き、鼻歌をうたいながらハーブティを淹（い）れていると、アンが「くーん」と鼻を鳴らして足元にすり寄ってきた。よう子の上機嫌が伝わったのだろう。

「よしよし」とお腹（なか）や耳の裏を撫（な）でまわしてやる。アンにとっては貴重な充電時間だ。ひとしきり撫でまわすと、ハーブティを飲み、着替えを済ませた。アンにもハーネスを装着すると、ぴたりと甘えることをやめて、お仕事モードに入る。

「駅まで行こうね」

よう子は靴を履きながら、アンに話しかけた。もちろん盲導犬にカーナビのような機能はないが、アンは「駅」が地下鉄神楽坂駅をさすことも、そこまでの道のりも完璧（かんぺき）に理解している。

エレベーターで下まで降りると、おなじ都営住宅に住むお婆さんに出くわした。ゴミ出しのとき、「ついでだから」といつも立ち寄ってくれる人だ。

「あら、お出かけ？　アンちゃん、いい子ねぇ」

お仕事中の盲導犬に話しかけるのは本当はタブーなのだが、よう子は「はい、高田馬場の点字図書館まで行って参ります」と明るく答えた。

「今日はいい天気だからいいわね。行ってらっしゃい」

よう子は軽く会釈して歩き出した。神楽坂駅までは二人の足で八分ほどだ。

アンは行き先がわかっていても、角ごとに立ち止まって、よう子の指示を仰いだ。そのたびに「good！」と褒めてやる。これまで何万回と掛けてきた決まり文句だが、アンはこの一言で自分のやっていることが正しいと確認し、情緒も安定する。

どんな些細なことであれ、アンの配慮に気づいたときは「good」とねぎらってやることを忘れなかった。よう子の気づかないところで障害物をよけたりしてくれていることも多いだろうから、その埋め合わせだ。

ハーネスを持つ左手から、アンの心地よさが伝わってくる。きっと雲ひとつない晴天なのだろう。「想いの木」の前を通り過ぎるときは、来週のランチ会が待ち遠しい気持ちになった。

街のあちこちから、珈琲（コーヒー）の香りが漂ってくる。地元商店の人や、通勤前の人たちが、仕事前に英気をやしなっているのだろう。ジョギングする人の「ハッ、ハッ」という息遣いが後ろから迫ってきて、追い抜いていく。

神楽坂も朝は生活の匂（にお）いがする。

よう子の好きな匂いだ。

2

本間（ほんま）は宵（よい）の口に、坂の下でちょっとした用事を済ませ、店に戻るために坂をのぼっていた。勤めを終えた人びとで、表通りがごった返し始める時刻だ。

神楽坂ほど、朝と夜で顔が異なる街は珍しいだろう。朝には清らかな少女だったのが、夜には香水をふりかけ、粉をはたいた女に姿を変える。

とくに今日は金曜だった。街のあちこちで男が女を待ち、女が男を待っていた。誰（だれ）もがシャンパンをぶちまけたような神楽坂の夜の空気に、早く酔いたがっているように見えた。

本間はふと寂しさをおぼえた。そんな期待に充（み）ちた街の雰囲気から弾（はじ）かれて、もう長い。

本間はまだ四十歳。だがもう四十歳だった。

路地裏に入り、さらに一つ折れると、一軒家や低層マンションが建ちならぶ静かな住宅街になる。神楽坂の艶(あで)やかな空気もここまでは届かない。

ただし、ぽつりぽつりと灯(あか)りをともす店はあって、それが看板のないフレンチだったり、作家ものの陶芸を扱う店だったり、隠れた蕎麦(そば)の名店であったりするのは、いかにも神楽坂らしい。

本間が一人で切り盛りする〈古書Ｓｌｏｐｅ(スロープ)〉も、そんな路地裏の一角にあった。小さな店で、文字どおり神楽坂の坂道の途中にある。

店に戻ると、若い女がひとり、立ち読みをしていた。

「すみませんでした」

本間は小さくつぶやき、〝店主ただいま外出中。すぐ戻ります〟の貼紙(はりがみ)をはずした。

番台から、ちらりと女をうかがう。彼女が店に来るのは、これで七回目くらいだろうか。本好きであることは初見でわかった。立ち姿が本棚と馴染(なじ)んでいたし、本を扱う手つきも美しい。まちがっても、本の上にカバンを置くような真似(まね)はしない。

それに彼女はよくちくま文庫を買ってくれた。ちくま文庫が好きな女に悪い女はいない。

本間は彼女のことを密(ひそ)かに〝ちくま文庫の女〟と名付けていた。

だが、こうしたこと以上に彼女を強烈に印象づけていたのは、右頬(みぎほお)の大きな傷痕(きずあと)だった。

おそらく火傷(やけど)か何かだろう。赤く爛(ただ)れて引きつった肉が盛り上がっており、一目見たら忘れられないほどだ。

本間は彼女を見かけるたびに、——あまり行儀のよくないことではあるが——もしあの傷がなかったら、と想像することがあった。脳内フォトショップで傷を消し去る。すると、きりっとした美人があらわれる。

いまでも充分に魅力的ではあるが、もし傷がなかったら、言い寄ってくる男を振り払うのに、うんざりするほど余計なカロリーを消費することになるだろう。それくらい顔だちは整っており、スタイルのよさも目を惹(ひ)いた。

彼女はスマホをちらっと見ると、本を棚に戻し、軽く一礼して店を出ていった。きっと誰かと約束があるのだろう。そういえばいつもはパンツスーツ姿が多い印象だが、今日はスカートにヒールだった。彼女の恋人（か恋人候補）が、彼女の傷痕のことも愛(いと)おしく思ってくれるといいのだけれど。本間は彼女の背中を見送りつつそんなことを思った。

——さて、そろそろ店を閉めるか。

足元のダンボール箱の山を見おろし、軽くため息をつく。ちょっと前に個人宅で「宅買い」して来たまま、放(ほ)ったらかしにしてあるやつだ。今日こそはこいつらを「ムキ（自店向きの商品のこと）」とそうじゃないものに仕分けして、一冊ずつクリーニングし、値づけをせねばならない。

――どうせ、ムキのものは少ないだろうけど。

〈古書Ｓｌｏｐｅ〉も、開店当初は売れセンのものも置いていたのだ。けれども数年前、そうした本は「一山いくら」の束に縛りあげて業者向けのオークションに出してしまった。古本屋というのはどんなに小さくとも――むしろ小さければ小さいほど――店主の個人書斎のような趣きがあるから、自分にとって面白くもなければ、文化的価値も認められないものを置いておくのは、精神衛生によくないのだ。

――どうせ売れないなら、好きな本に囲まれて暮らそう。

この二年ほど、心境はそんな方角へ傾いていた。日記、書簡集、随筆、文芸、民俗学、対談、回想録。店内は本間が目利きした古書で溢（あふ）れかえっていた。なんにせよ〝地声〟が聞こえてくる本が好きなのだ。

おもてに出て、看板を「Closed」に裏返す。

ついでに外に設置してある目安箱をのぞいたが、投書はなかった。

3

「想いの木」はインドカレーのお店である。

初めて来たとき、希子が「お洒落(しゃれ)なカフェのようで素敵です」と教えてくれた。店内のウッディな感触はよう子の肌にも伝わってきた。いつ行っても、この店を目当てにわざわざ神楽坂へ来た客がいるのがわかるという。

二人はすこし時間をずらしてランチに行ったので、野菜カレーはすぐに出てきた。希子は週に一度はこれを食べないと元気が出ないという。よう子もここのブルーチーズナンは格別に美味(おい)しいと思う。

「なんか最近、休みの日とかずっとスマホ見ちゃうんですよね」

と希子が言った。「タレントの誰と誰がくっついただので三十分。そこからネットショッピングに飛んで三十分。なんならそこからインスタチェックで三十分。目は疲れるし、余計なモノは増えるしで、いいことなしです」

「ふふふ。たいへんなのね、目が見えるってことも」

「だから真剣にデジタル・デトックスを考えてて。このままじゃ人生自滅ですもん。失点を最小限におさえるためには、ゴミみたいな芸能ニュースも、友だちや有名人のＳＮＳもシャットアウトしないと」

「それは大掃除ね」

「そういえばうちの会社も『デジタルは推進するけど、それと同じくらいアナログを掘り下げよう』とか言い出してて。なんか近々、そういうお触れが出るらしいです」

「大変なんだ、出版社も」

「タイヘンですよぅ」

よう子は話しながらも、指先に注意を払うことを忘れなかった。会話に集中しすぎると、コップを倒したり、思わぬ粗相をしかねない。

「そこへ行くとよう子さんは、ほんとにムダのない、丁寧な暮らしをなさってますよね」

「そんなことないよ。目が見えないから、生活を簡素にするしかなかっただけ。わたしだって目が見えたらもっとネットショッピングしたいし、いろんなニュースを読みたいし、お料理もしたい。着物でお出掛けだってしたいわ」

「でもそれをしないのが、今風のミニマリストとか断捨離の価値観にぴったり」

「逆よ。わたしは古風に生きたいの。ほら、言うじゃない。止まってる時計も一日に二度は正確な時刻を指すって。わたしのはあれ。たまたま指向が時代にマッチしてるだけ」

「そっか。よう子さんは高校時代、白洲正子にハマってたんですもんね。安室ちゃんとかが現役バリバリのころでしょ。〝愛読書は白洲正子です〟って女子高生は、なかなかいなかったんじゃないですか」

「ふふふ、まあね」

スプーンを動かす音から、希子のお皿の残量が少なくなってきたことがわかる。遅れてはならじ、とよう子も食べるペースを上げた。

「今はほかに、どんなお仕事をなさってるんですか？」

「ある大学から、受験問題の触字校正を頼まれたの」

「なんですか、それ」

「視覚障碍者の受験生のために、問題文を点字に翻訳するでしょ。それに誤字脱字がないか確かめる仕事」

「大変そうですね」

「うん。受験生の人生が懸かってるから、とっても緊張するわ」

「いろんなお仕事があるんですね」

希子が感心したように言い、再びスプーンを動かす。よう子の耳は、向こうのテーブルの男女が「いい子だね」と囁き交わす声も拾っていた。テーブルの下に伏せるアンのことだろう。アンほどではないにしろ、よう子も普通の人よりは耳がいい。

「あと、こんど仙台（せんだい）である視覚障碍（ロー・ビジョン）シンポジウムに呼ばれたわ」

「すご〜い。売れっ子ですね」

「そんなことないけど、こんなふうにお仕事が貰（もら）えるようになったのも希子ちゃんのお陰。本当に感謝しています」

「いえいえ、よう子さんの実力ですって」

希子はいつもそう言って謙遜（けんそん）するが、よう子を〝盲目の女性書評家〟として世に送り出してくれたのは、紛れもなく彼女だった。

希子の勤める出版社は神楽坂にあり、以前からオーディオブックに力を入れていた。俳優などが作品を朗読してCDに吹き込んだもので、アメリカでは一大市場だそうだ。高齢化が進む日本でも今後の需要が見込めるという。

希子は書籍販売部に籍を置いたまま、オーディオブック企画室に掛け持ち配属された。そこでリサーチするうち、全国の点字図書館が蔵する音声デジタル図書に目をつけた。いわゆるデイジー図書だ。

デイジー図書とは、単に本の朗読をCDに吹き込んだだけのものではない。目次から読みたいページに飛んだり、読み上げのスピードを変えることもできる、デジタル化された音声図書データのことである。

よう子は点字図書を読むのが好きだったが、デイジー図書をダウンロードして聴くのも好きだった。朗読するボランティアの声で、作品がもつ印象も変わってくる。たとえば歴史小説やハードボイルドなんかは、やはり嗄(しゃが)れた男の声で吹き込まれたものが、雰囲気があっていい。そもそも朗読ボランティアは圧倒的に女性が多いから、男性の声で吹き込まれたものは、それだけでレアで人気があるのだ。

　そんな「視覚障碍者の読書感想日記」をブログにつけていたら、ある日突然、希子からコンタクトがあった。

「はじめまして。いつもブログを楽しく拝見しております。突然のご連絡で失礼しますが、わたくしは出版社の者で――」

　やり取りするうち、希子の会社とよう子の都営住宅が、歩いて五分ほどの距離にあることがわかった。二人は神楽坂の赤城(あかぎ)神社の境内(けいだい)にある「あかぎカフェ」で落ち合った。

　会ってみて驚いた。

　たいていの視覚障碍者がそうであるように、よう子も相手のオーラや波長みたいなものに敏感だが、希子はそれまで出会った人物の中でも抜群の陽性オーラに溢れていた。高校時代は国体クラスの空手選手だったという。頭の回転もきびきびと速い。ここまで文武両道の女子に会ったのも初めてだった。しまいにはよう子は、「まるで歩くパワースポットみたいな女の子だな」と思うに至った。

　その歩くパワースポットが言った。

「うちの会社のサイトで、オーディオブックに関する書評を連載して頂けませんか？」

戸惑いながらも引き受けると、山のようにオーディオブックが届いた。日本の近代小説が多かった。片っ端から聴いていったが、デイジー図書で慣れていたので、「耳で読む」のはちっとも苦ではなかった。むしろ楽しい作業だった。よう子は次第に、昔の小説がもつ懐かしさや哀しさに惹き込まれていった。

だがその想いを文章にするのは、恐怖と苦痛以外のなにものでもなかった。自分の書いたものが伝統ある出版社のホームページに載り、読者に満足を与えられるとは到底思えなかった。

文章を打つのだって簡単ではない。よう子はもともとキーボードのＦＤＳＪＫＬの六つだけを使って、点字原稿を書いていた。パソコンの音声読み上げソフトが普及してからは、文字通りのブラインドタッチを習得して、晴眼者と同じようにタイピングするようになった。音声ソフトに読み上げてもらいつつ、入力していくのだ。

原稿の修正も、晴眼者のようにはいかない。なるべく修正せずに済むように、頭の中で推敲をカンペキに終わらせてから書き始める。それでも漢字の誤変換はどうしても出てしまうので、希子に正しく直してもらってからアップする。

原稿のやりとりに慣れてくると、

「普通の新刊書も書評の対象にしましょう。そのほうがページビューも上がるので」

と希子に言われた。人気の本は視覚障碍者のリクエストも多いので、全国にいるボランティアさんの尽力によって優先的にデイジー化される。

連載では若い視覚障碍者の「点字離れ」と、世間一般の若者の「活字離れ」をからめて論じた回もあった。じつは全国に三十万人ほどいる視覚障碍者のうち、点字が読めるのは十%程度に過ぎない。デイジー図書の普及やテクノロジーの進化によって、若い視覚障碍者の点字離れは進んでいる。「点字を使うのはラベル整理だけ」という若者も多い。音声入力ソフトの精度が上がれば、ますます点字離れは進むだろう。

こんなことを希子の提案で論じたことがきっかけとなり、視覚障碍者のシンポジウムや講演に呼ばれるようになった。

よう子は、しみじみと嬉（うれ）しかった。

初めて自分が社会に居場所を確保できた気がした。

それだけに、よう子にとって連載は誰にも明け渡せぬ王座（スローン）だった。社会に通じる唯一の窓だった。たった千二百字の書評ではあるが、書くときはいつも気がおかしくなりそうなほど考えた。それでようやく晴眼者と同じスタート地点に立てると思ったからだ。

だから希子に原稿を褒めてもらえると嬉しかった。「あなたはまだこの場所に居ていいですよ」と言われているみたいで。

よう子が神楽坂に住むようになったのは、点字図書館に近くて家賃補助の出る都営住宅を紹介されたからだ。けれども今では希子と出会うためだったのだ、と思うようになった。

実際に二人を結びつけたのはネットだったが、二人の職場と住まいが近いからこそ、こうして木曜ランチ会もできる。一人では外食もままならぬよう子のために、希子は提案してくれたのだろう。

　食後の珈琲が運ばれてきた。

　久しぶりの外食で幸せいっぱい、お腹いっぱいだ。

「ところで、よう子さんのお母さんってスタイリストでしたよね？」

　希子の何気ない質問が、その幸福感を吹きとばした。

「どうしたの、突然？」

　お腹の下あたりが急に固くなる。

「じつはいま、うちとしては珍しくスタイルブックが売れてまして。書店さんに販促してるもんですから、洋服とかスタイリングの世界ってどんなもんかな〜、と思いまして」

「あ、そういうことか。……うん、母は自分で服もつくってたよ」

「かっこいい〜。お元気ですか」

「もう亡くなったの」

「えっ、ごめんなさい」

「ううん、いいのよ」

よう子はつとめて明るく言ったが、表情を保つのに苦労した。

「いつごろですか？」希子が声をひそめる。

「九年前。五十代だったわ」

「早かったんですね」

そうね、と言ってよう子は珈琲カップに口をつけた。

目は口ほどにモノを言うという。だから今は自分の目が閉じられていることに感謝した。

「それよりも最近は、ほかにどんな本が売れてるの？」とよう子はたずねた。

「エンパスの本がちょっと売れてるんですよね」

「エンパスってなに？」

「共感力（エンパシー）が高すぎる人について書かれた本です。ほら、ちょっと前にサイコパスの本が売れたじゃないですか。あの逆です。共感力過多の人は、他人の気持ちがわかり過ぎたり、作品の登場人物に感情移入し過ぎたり、土地の悪い気をもらっちゃったりして生き辛（づら）いんですって。怖っ」

よう子はすっと体温が下がったような気がした。まるで自分のことを言われているみたいだ。

「その本、読んでみたいな」

「あー、でもまだデイジーや点訳になってないと思うんですよね」

希子が申し訳なさそうに言う。

「大丈夫。点字図書館で対面朗読してくれるボランティアサービスがあるの。そこで読んでくれる人がいないか探してみるから、その本、借りてもいい？」

「あ、そういうことでしたらぜひ。帰ったらすぐにお送りしますね。気に入ったら、次回か次々回の書評はそれにしましょう。担当編集も喜ぶと思います」

4

日が傾き、往来に軒をつらねる家々の影が長く伸びたころ、〝ちくま文庫の女〟が店にやってきた。グッドタイミング、と本間は胸中で唱えた。昨晩、彼女のことを思い浮かべながら新たなちくま文庫を三冊ほど棚に出したのだ。

彼女はいつものように文庫コーナーへ直行すると、迷わず〝新入り〟の一冊を手に取った。しばらく立ち読みしたあと、レジに持ってくる。本間は心の中でガッツポーズした。こういうときは客と完璧なコミュニケーションが成立したような気持ちになる。

彼女は支払いを済ませると、「ひとつ、伺ってもよろしいですか」と言った。

「どうぞ」思わぬ展開に、多少どぎまぎしながら答える。「古書店のオーナーにとって、いちばん大切な職能ってなんですか？」

本間はぽかんと口をあけてしまった。彼女の声を聞くのはこれが初めてだったが、きわめて理知的で、それでいてまったく嫌味がなかった。で、なんだって？　職能？

「突然すみません」彼女は謝った。「古本屋さんの主人になるには、どんな能力が必要なのかな、と思ったものですから」

「能力、ですか……」

本間はすこし考えてから答えた。

「もちろん、本を縛って運ぶ腕力は必要ですし、本に引かれた傍線にそっと消しゴムをかけ続ける根気も必要です。でもいちばん大切なのは、値づけかな」

「値づけ？」彼女は目を丸くした。

「ええ。たとえばこの店には一万七百冊ほど本が並んでいますが、僕は店のオーナーとして、一冊ずつの値づけの理由について説明できないといけません。たとえばこの本」

本間はレジ脇（わき）の棚から、『たたら生活者たちの記録』という本を手に取った。

「この本は六千八百円します。なぜ五十五年前に出た、今では誰も知らないようなこの本が六千八百円するのか？

著者はもともとルポルタージュとも、研究ともつかない本を書く人でした。いわば在野のフィールドワーカーにしてジャーナリストですね。一部の愛好家からは熱烈な支持を受けていました。

　ところがこの本がある学術関係の賞を貰うと、ちょっとした事件が起きました。本の中に差別表現があると問題になったのです。じつはその部分こそ『たたら生活者』たちのアイデンティティを突く重要な記述だったのですが。

　だけど差別と言われては仕方ない。著者と版元は泣く泣くその箇所を削り、第二版を発行しました。帯に『〇〇学芸賞　受賞！』と大々的に打ってね。そちらの第二版のほうは、五年前に帯つきが二千七百円で売られているのを見たことがあります」

「つまりこの本は初版なんですね」

「ええ」

「しかも初版なら発行部数が少ないから、市中在庫も少ない。すなわち稀少価値が高い」

「その通り」

　本間は満足げに頷いた。出来のいい生徒に教えている教師の気分だ。

「そっかぁ。本そのものにも、一冊ずつ物語があるんですね」

　彼女が棚を眺めまわした。まるで実家の仏間で、ご先祖さま一人ひとりの遺影に思いを馳せているようなまなざしだ。

「あ、そこ」

　彼女が棚の一角を指さした。

「そこになんだか、いかめしい本が固まってますね。前から気になってたんですけど、どういう括りですか？　ジャンルで固まっているようでもあり、そうでないようでもあり……」

「気づかれましたか」

　本間はいよいよ嬉しそうに言った。

「これは岡書院という版元のささやかなコレクションです。岡書院は岡茂雄という人が大正時代に始めた出版社で、岡さんは『本はまず頑丈じゃなくちゃいけない』という主張の持ち主でした。だから岡書院の造本は堅牢なことで有名なんです。考古学や民族学のいい本をつくっていたこともあり、解散したあとも岡書院の本は高値で取引されていました。岡さんには『本屋風情』という名著もあります。僕は若い頃それを読んでいたものですから、岡書院の本を見かけると、つい買っちゃうんです」

「戦前の出版社のコレクションだったんですね」

「どうでもいいことですが、岡さんは『装釘』という文字を好んで使っていたそうです。装丁でも、装幀でもなくね」

「なぜでしょう？」

「さあ。いちばん頑丈そうに見えるからですかね」

「それにしても、やっぱり凄いです。一冊ずつのライフ・ヒストリーをここまで把握なさってるなんて」

　彼女にまっすぐ見つめられ、本間はすこし照れて視線を伏せた。

「でも正直いっちゃうと、その能力が求められたのは昔のことなんです。今はネットで検索すれば、一発で相場はわかりますから」

「あ、そっか」

「昔の丁稚さんは、相場を知るために修業してたようなものらしいですけどね」

「丁稚さんって、なつかしい響きですね」

「そうですね。古本屋の店主の回想録なんかを読んでると、丁稚時代に本をまたいで叱られた話なんかがよく出てきますけど。仕事で指紋が擦り切れるのも当たり前で、欲しい本のために昼めしを抜いたり、夕涼みしながら露店の古本屋をひやかして歩いたり。そういうのが青春時代の何よりの楽しみだったようです。神楽坂にも古本の露店が結構出ていたそうですよ」

「神楽坂に？　それは知りませんでした。ところでご主人にも修業時代があったんですか。古本に目覚めたのはいつでしょう？」

「大学時代です。古本屋で『昔日の客』という本を見つけましてね。ほんとは学生には手が出せないほど高値で取引されていた本なのですが、その時はなぜか店先の均一ワゴンに並んでいた。それを見つけたときの我が手の速さといったら。近くにほかの客なんていないのに、〇・一秒で確保しましたよ」

「ふふふ。バーゲンセールみたい」と彼女が白い歯を見せる。

「まさしく。著者の関口良雄さんは大森で『山王書房』という古本屋をやっていた人で、本の中でこう言っています。『感激はロマンチズムであり、儲けはリアリズムである』。つまり一冊の本との出会いが人を感激させて古本屋にするが、霞を食っていく訳にもいかんぞ、という意味です。『昔日の客』は山王書房の回想録でありエッセイです。沁々とした味わいがあって、何度も読み返しました」

「おもしろそう」

彼女が本気で惹かれたのがわかり、本間は言葉を継ぐ声援をもらったような気持ちになった。

「本を読むと、関口さんはとても話好きだったようです。常連さんも店主とお喋りするために店へ顔を出し、ついでに本を買っていた気配があります。で、あるとき関口さんは夢中になって、お客さんにこんなことを説いていたそうです。

『古本屋という商売は、たしかに古本というモノを売買して生業としてますが、ほんとは一冊の本に込められた、作家や詩人の魂を扱う仕事なんだと思います。だから私が敬愛する作家の本は、たとえ何年も売れなかろうが、棚にずっと置いておくんです』。

逆に売名目的の政治家のくだらない本なんかは、『晒しものにしてやる』と店先の十円均一のワゴンに並べていたそうですよ」

「その本、読みたい。ここにありませんか？」

「ありますが、売り物じゃないんです」

本間が申し訳なさそうに微笑むと、彼女にはそれだけで通じたらしく、「なるほど」と微笑み返した。

「でもすこし前に夏葉社さんという出版社から再刊されたので、そこで買えますよ。とてもいい装幀です」

「ではそこで買います。もうひとつ、伺ってもいいですか」

「どうぞ」

「長くなっちゃってすみません。あそこに手紙とか、ハガキとか、日記のコーナーがあるじゃないですか。あれって一般の人のものですよね？」

「そうです。あれは僕の趣味みたいなもので、店を始めるとき、日記や書簡集のたぐいを充実させようと思ったんです。その流れで、一般の人の手紙や日記や写真も置いてみようかな、と。読んでみるとけっこう面白いんですよ。五十年前の栃木県の農家の主婦が『農作物はいい出来なのに、息子の成績は少しも上がらない』と日記でボヤいていたり。やたら格調の高い文章で、借金を申し込んでる書簡があったり」

「おもしろそう。でもそんなもの、どこで仕入れるんですか」

「専門の業者がいるんです。作家の生原稿やハガキや色紙を扱う業者が、ついでに手掛けてるケースもあります」

「西洋の絵葉書がありましたが、外国のものも？」

「はい、ときどき出回ります。あれ、いいでしょう。フランス語で書かれてるから内容はわからないんだけど、そこがまたいい」

「ええ。絵は綺麗だし、ビンテージ感や一点もの感もばっちりで。飾っておくだけで、まさしく絵になりますね」

「よかったらお持ちください。いつも買って貰ってるんで、おまけしときますよ」

彼女は遠慮したが、本間はその絵葉書を持ってきて、彼女の紙袋にすべりこませた。

「すみません、なんか」

彼女が軽く頭をさげる。

「いいんです。ところで、ちくま文庫はお好きですか」

と本間はたずねた。

「はい。母が太宰治のファンで、ちくま文庫の全集を持っていたんです。それでわたしも学校に行けない時期とかに読むようになって……。津田晴美さんの『小さな生活』とか、『気持ちよく暮らす100の方法』とかもありました。幼いながらに、ああいうシンプルライフに憧れたりして。はじめは版元なんて意識してなかったんですけど、そのうち『あ、これもちくま文庫ってやつじゃん』と気づいて。家の書棚をチェックしてみたら、自分が気に入ってる本はちくま文庫が多くて、それで自分で本を買うようになってからも、なんとなくちくま文庫に足が向かうようになっちゃったんです」

「それはいいご趣味で」

二人は微笑み合った。本好きが親しくなるには、自分にとって特別な地位を占める書名を明かし合うのが、もっともシンプルで近道だ。

「ありがとうございました。いろいろ勉強になりました。値づけにはすべて理由がなきゃいけない、と」

「ただし嫌いな作家はわざと安くつけてさっさと追い出したり、逆に好きな作家はうんと高くつけたりすることもあるんで、お気をつけください」

「相性があるんですね」

「人間同士ですから」

「ふふふ。それでは、また」

「毎度」

彼女が去ったあとも、本間はしばらく春風の残り香のような余韻に包まれていた。こんなふうに客と本の話ができたのは、いつ以来だろう。人びとがおのれの心を耕すために書物を必要としていた時代、山王書房の店先では毎日こんなやり取りが交わされていたのではあるまいか。自分にしたところで、三日に一度でもこんなことがあれば、経営が厳しくとも店を続けていく励みになるのだが……。

昔日の客。

とてもいいフレーズだ。まだ見たこともなければ、会ったこともないその客のことを想うと、本間はふしぎな懐かしさが胸に広がった。いつの日かこの店にも、そんな客が姿を現す日が来るのだろうか。

ふと、壁時計に目をやり、

「お、もう四時半か」

と本間は声に出してつぶやいた。そそくさと支度を済ませ、店を閉めて、九段下(くだんした)方面へ歩いて向かう。今日は息子を保育園へ迎えに行く日だ。

うーん、とストレッチしながら歩く。腰が痛い。「そろそろ限界かな」とつぶやく。独り言と腰痛は、この商売の職業病みたいなものだ。

保育園に着くと、靴を脱いで二階へ上がった。友だちと積み木で遊ぶ息子の姿が目に飛び込んでくる。一週間のうちで、もっとも胸がときめく瞬間だ。

「お父さん！」

ふうちゃんが駆け寄ってきて、

とたずねた。透き通るような白目と、きらきら輝く黒目がまぶしい。

「できたよ。さ、帰ろう」

若い女性保育士から「ふうちゃん、今日も元気に遊んでいましたよ」と報告をうけ、保育園を出る。帰りは地下鉄だ。一駅だが、ふうちゃんが乗りたがる。

ホームで電車待ちしているあいだも、「食洗器、早く見たいなぁ」とふうちゃんは言った。

「帰ったらすぐ見れるよ。それより、食洗器もゲットしたんだし、そろそろパンケーキは卒業でいいんじゃない？」

「だめ。夜も、パンケーキ。あしたの朝も、パンケーキ」

「からだが小麦粉になっちゃうよ」

「ふうちゃんはパンケーキが好きなの」

「はいはい。そのかわり、お母さんには内緒だからな」

本間が国家機密のように声をひそめると、ふうちゃんも真剣な表情でうなずく。

別れた妻は、ふうちゃんにお菓子やファストフードを食べさせることを極端に嫌った。

だからふうちゃんはマックでコーラを飲んだこともなければ、ファミレスでパフェを注文したことも、縁日で綿菓子を買ってもらったこともない。

それは、それでいい。

しかし本間は週に一度の「木曜お父さんデー」だけは、ふうちゃんを思いきり甘やかしてやることに決めていた。お菓子のない幼少期なんて想像もつかないし、ふうちゃんを甘やかした方が自分も楽しい。

店に着くと、ふうちゃんは本間が住居に使っている二階へ駆け上がり、テーブルの上にある食洗器の模型に「おおっ！」と目を輝かせた。パンケーキの箱についてくる応募券を五枚集めると貰える懸賞品だ。

本間はこれが届いてからというもの、一週間近く掛かりきりになってコツコツと作った。ありえないほど細かく再現してあるので、

「なんで食洗器なんだよ！」

と何度もハサミを放り投げたくなった。それでも息子の喜ぶ顔が見たくて完成させた。

その甲斐（かい）あって、ふうちゃんは扉をあけたりして遊んでいたが、五分程で飽きた。これで本間の一週間の努力もパアだ。育児とはこうした敗北感との戦いだな、とつくづく思う。

「お父さん、パンケーキつくって」

「はいよ」

「二枚ね。メープルシロップ多め」

「かしこまりました。五百八十円になりまぁす」

ウェイター口調で言うと、ふうちゃんは笑い転げた。このハードルの低さはありがたい。

食べ終わると、二人で坂の下の「熱海湯」へ行った。富士山の絵がある正統派の銭湯だ。ふうちゃんは熱くてお湯に入れないので、排水口の近くにしゃがみ、水が吸い込まれていく様子をいつものように熱心に見つめた。

「お父さん、もう一回流して」

「これで最後だよ。水がもったいないからね」

周囲に気兼ねしながらも桶にためた湯をざーっと流してやると、ふうちゃんは「おーっ」と最後の一滴まで見守る。毎回ちがった渦や音なので楽しいという。

家に帰り、歯を磨いてやった。ちいさな貝殻みたいに美しい乳歯をメープルシロップから守るために入念に磨いていると、

「ほはははんは、おふみはみてふへはひひはよ」

「こら、磨き終わってから言いなさい」

ぶくぶく、ぺっをしたあと、ふうちゃんが言い直す。

「お母さんは、もう磨いてくれないんだよ」

そうだろうな、と本間は思う。別れた妻は、約束の時間がきたらふうちゃんが泣き叫ぼうとDVDのアニメを消したし、まだ幼かったふうちゃんがぽろぽろ食べ物をこぼしても一切手を貸さなかった。そこが気分次第でルールを変える本間とは違った。彼女は脇目も

ふらず、息子の自立をめざしていたのだ。

そんなタイプの違う二人に育てられることが、息子にとっては良かったんじゃないか？　多様性というやつだ。どうして俺たちは別れなきゃいけなかったんだろう？

布団に入ると、ふうちゃんが「この前の続き読んで」と言った。本間は同じ布団に入り『十五少年漂流記』の続きを読んでやった。

退屈そうな箇所にさしかかると、「この時代はケータイもコンビニもなかったので」とか、「ここでアンパンチでも繰り出せればよかったのですが」と適当なアドリブを入れる。ふうちゃんは声をあげて笑っていたが、気がつくと寝息を立てていた。

本間はそっと布団からぬけだし、店へ降りていった。電気をつけ、仕入れたままの本を十五冊ほど抱えて二階へ戻る。途中、腰がきしみ、おもわず顔がゆがんだ。

どうにかダイニングテーブルまで辿りつき、本をつみあげて作業をはじめた。

まずはノンブルチェックだ。ページ番号が振ってあるところに視点を固定し、ぱらぱら漫画を見る要領で捲っていく。乱丁落丁はめったにないが、あれば店の信用に関わるから省くことのできない作業だ。

次に書き込みのチェック。若い頃は本の中に傍線が引かれていると、「誰がどんな気持ちでここに引いたのだろう」と想像を逞しくしたこともあったが、いまは機械的に消しゴムをかけるだけだ。ごしごし力任せに擦ると紙を弱めてしまうので、内から外へそうっと消していくのがコツだ。

七冊目の網野善彦の本に、信じられないほど多くの傍線が引かれていた。一瞬、破棄してしまおうかと思った。だが消せない量ではなかった。本間はため息をつき、「よしっ」と気合を入れてから消しゴムをかけ始めた。

作業中は何も考えない。紙を弱めないことだけに集中して手を動かす。休憩も入れない。いちど休むと作業に戻る気力が湧いてこなくなるからだ。

すべてを消し終えた頃には、深夜零時をまわっていた。遅くなることは構わなかった。離婚した三年前から不眠気味だからだ。

机に散らばった消しゴムのカスを集めると小さな山ができた。その山を見つめ、どうして俺は今ここでこんな小学生みたいなことをしているのだろうと思った。

危険な問いだった。本間は気を紛らわせるために、ソファへ横になり、このところぽつぽつ拾い読みしているゴッホの書簡集を手に取った。

今日のゴッホは、白を使わずに雪を表現する方法や、補色同士の相殺について考えていた。かと思えば、コバルトの絵具が高価なことにも胸を痛めていた。まったくもって心の忙しい人だ。すべて弟のテオに宛てた手紙である。

ゴッホの手紙を読んでいると、とても理知的な読書家で、よく言われる「狂気の画家」といった側面はあまり見えてこない。あるいはゴッホは、孤独と貧困によってあらゆるものを奪われていき、最後に狂気と絵への情熱だけが残ったのではないか、とすら思えてくる。

中の一節に、

〈僕の魂には大きな火があるのに、暖まりに来る者は誰もいません〉

とあって、本間はたまらない気持ちになった。

生前、一枚しか絵が売れず、人の輪から弾（はじ）かれ、弟の仕送りに頼り切っていたゴッホには同情を禁じ得なかった。そして自分がゴッホの没年（三十七歳）をとっくに越えてしまったことに、申し訳ないような気持ちがしてきた。

ゴッホは三十歳の時の手紙に書いていた。

〈僕の人生の計画は、できる限り優れた素描や油彩をたくさん残すことです。そして人生が終わるとき、愛情と思慮深さをもって、過去を振り返りたいと思います〉

この七年後、ゴッホは愛情と思慮深さから完全に見放され、自分の胸をピストルで打ち抜いた。

本間は考えた。今の俺をゴッホになぞらえたらどうなるだろう、と。

タバコに火をつけ、しばらく考える。やがてこんな一節を思いついた。

僕の前をたくさんの人が通り過ぎて行くのに、火を灯（とも）していく者は誰もいません。

ちょっとカッコつけすぎか――。

本間は肩をすくめ、煙を吐き出した。

5

よう子が対面朗読ボランティアの渡辺（わたなべ）さんに引き合わされたのは、平日の昼下がりのことだった。

「こんにちは、竹宮さん。書評、いつも楽しみに読んでますよ」

声の感じからいって五十代後半くらいだろうか。とても柔らかな声だ。

「ありがとうございます」

よう子は照れずに答えることができた。点字や視覚障碍者の世界で、よう子はちょっとした有名人だ。筆名で呼ばれることにもようやく慣れた。

挨拶を済ませると、二人と一匹で点字図書館のプライベートルームへ移動した。アンは早速よう子の足元に伏せてスタンバイOKだ。

朗読が始まった。

「共感力が高すぎるエンパスの人は、自分と他人の境界が曖昧（あいまい）です。相手の負の感情やエネルギーを自分の内側に取り込み、辛い思いをしがち。ただしエンパスは病気ではなく、生まれつきの性質です。日本人の五人に一人はエンパスと言われています」

渡辺さんの朗読が上手なことにホッとする。ボランティアは登録までに講習が義務づけられているからみんな上手だが、それを抜きにしても聞き取りやすい。

「まずはあなたのエンパス度をチェックしてみましょう。以下の質問にイエスかノーでお答えください」

ここで渡辺さんは一呼吸おいた。よう子も胸のなかで準備を整える。渡辺さんが読み上げたのは次の十項目だった。

1　他人の悩みや感情を、自分のことのように感じてしまうことがある。
2　「あなたはどうしたい？」と聞かれても、自分の意見がないことが多い。
3　残酷なニュースを見聞すると辛くなる。
4　人の悪口を聞いていると気分が悪くなる。
5　体調の悪い人といると自分も調子が悪くなってしまうので、病院などが苦手だ。
6　他人の嘘に敏感だ。
7　映画や本の登場人物に感情移入しすぎて、疲れることがある。
8　常に神経を張り巡らしているので、眠りが浅い。

9　動物の気持ちがなんとなくわかる時がある。
10　幼い頃、親の感情にひきずられて一喜一憂しがちだった。

読み上げ終わると、渡辺さんはまた一拍おいて朗読を続けた。

「いかがでしたか。七つ以上に『イエス』がついた人はエンパスかもしれません。そんなあなたは他人の感情に引きずられて、苦しんだ経験がありませんか?　『本当の自分』がわからず慢性的な疲れを感じたことはありませんか?

またエンパスの人は、親との関係で辛い思いをしがちです。苛立ちや寂しさ、不満を抱えた母親に育てられた人は、母親のネガティブな感情を自分の中に取り込み、罪悪感を抱きやすくなります。

『お母さんが辛いのは自分のせいだ』

『なんとかしてあげたいけど、何もしてあげられなかった』

そんなふうに感じてしまうのです。これはあなたが『母親という他人軸』で生きてきたことを意味します。

あなたの心は、いつも他人の感情や思いで一杯でした。他人を土足のままプライベートゾーンへあげるのは止めにしましょう。いまこそエンパスのスイッチを切るのです。本書ではあなたがあなたらしく生き始められるように……大丈夫?」

渡辺さんが心配そうに声をかけてくれた。本を伏せて置く音がする。

それでよう子はようやく、自分が過呼吸気味になっていることに気づいた。

「大丈夫です」

肩で荒い息をしながら、ハンカチで汗をぬぐう。

「でも、とても辛そうよ。誰か呼びましょうか?」

「本当に大丈夫です。すこし休ませてもらえれば……」

よう子はテーブルにひじをつき、頭を抱えた。頭の中でぐわんぐわんと何かが駆けめぐる音がする。すこし吐き気もした。アンが立ち上がり、心配そうによう子の脚へ鼻をくっつけたり離したりする。

「背中さすりましょうか?」

渡辺さんが立ち上がり、こちら側へ来てくれた。

「大丈夫です。ありがとうございます」

しばらく安静にしていると、落ち着いてきた。

よう子はハンカチを口にあてたまま「申し訳ありませんでした」と頭をさげた。「すこし体調が優れないようなので、今日はここまでにして頂いてもよろしいですか。せっかく来て頂いたのに申し訳ないのですが」

「それは全然構いませんけど、本当に大丈夫?」

「はい、おかげさまで」

よう子は下を向き、「大丈夫だからね」とアンにも声をかけた。ペットボトルの水を飲み、アンにも手ずから与える。

さらに十五分ほど休憩をとると、汗は完全にひいた。

ロビーでもういちど渡辺さんに謝った。

「いいのよ。でも本当に大丈夫かしら。駅まで送りましょうか？」

「お気遣いありがとうございます。でも、本当にもう良くなりましたので」

よう子はアンと点字図書館を出た。

地下鉄まで歩きながら、先ほどの十項目について考えた。質問によって強弱はあったが、四捨五入すれば答えはすべて「イエス」だ。

——でも、それは昔のわたし。

そう思おうとしたが、たとえば希子の期待に過度に応(こた)えようとしたり、希子の存在を心の拠(よ)りどころにしがちなのは、エンパスの名残りではあるまいか。〝わたし〟という建て物は、いつも〝他人〟を取り込んで支柱にしておかないと、がらがら音を立てて崩れてしまう脆(もろ)い建造物なのかもしれない。

よう子は首を横に振った。そんなことが、あっていいはずがない。あの時、そんな自分とはさよならしたのだ。

ハーネスを持つ手から、アンの不安が伝わってきた。いや、ちがう。よう子の不安がまずアンに伝わり、それがブーメランみたいによう子に戻ってきたのだ。エンパスというなら、アンはいつだってよう子の気持ちに敏感なエンパスだ。

ごめんね、アン、とよう子は心の中で謝った。

次の角でアンが立ち止まったとき、「good。アン、goodだよ」と力強く褒めてやった。この子のためにも、もっと強くならねばならないと思った。

歩き出し、一歩ずつ胸に刻み込んだ。強くならねば。ならねば。ならねば。

6

金曜の朝、二人でパンケーキを食べてから、ふうちゃんを送って行った。

保育園でお仕度を済ませ「またね、いい子でね」と手を振る頃には、これでまた一週間会えなくなるのかと切なくなる。

歩いて店へ帰り、目安箱をのぞくと、いつものようにふうちゃんから名残りのお手紙が入っていた。

〈おとうさんえ　ぱんけーき　おいしかたよ　またたべよね　ふうちゃんより〉

手紙はすでに百通を超えた。すべて取ってある。はじめは宇宙人が書いた記号みたいだったのに、いつのまにか伝わる日本語になってきた。少年の成長は夏草のように早い。

昼過ぎ、店番をしていたら元妻からＬＩＮＥがきた。

「急な会食が入っちゃった。今晩も預かってもらえる？」

本間は欣喜雀躍（きんきじゃくやく）し、「ＯＫ！」と快諾の返事を打った。

今日という一日が、急にワンダフルなものに変わった。あとでお迎えにいったら、ふうちゃんはどんな顔をするだろう。「えっ、今日もお父さん？」と目を丸くするだろうか。そわそわしたが、とりあえず冷静になり、冷や飯をチンして納豆で食べた。今晩も明朝もパンケーキ確定だから、昼めしを抜いたら四食連続パンケーキになってしまう。

食べ終わってしばらくすると、店前の往来がぱたりと途絶えた。水飴（みずあめ）のように引き延ばされた午後の時間が始まる。

本間は番台に頬杖（ほおづえ）をつき、ぼんやりと外を眺めた。まれにご近所の主婦や高齢者が、店の前をゆっくり横切る。ランチ客が捌（は）けた昼さがりは、地元の人がスーパーやお惣菜屋へ買い物に出かける時間帯だ。エコバッグや買い物カゴをぶらさげた人も多いので、地元民はひと目でわかる。

ふと、元妻のことを考えた。

最近、彼女は輝きを取り戻しつつあった。もちろん忙しさからくる疲れみたいなものはいつも滲ませているが、どこか溌溂とし始めたのだ。

——ほんとに、仕事だったのかな。

一人前の社会人が金曜の夜にいきなり会食を打診してくるとは思えない。

——デートだったんじゃないか。

だとしたら、元妻が輝きを取り戻した理由もわかる気がした。本だって、触られれば触られるほど歓ぶ。こまめに手をかけてやれば、それまで曇っていた棚が光りだし、店の雰囲気も一変するのだ。彼女に起きている現象も、これと同じではあるまいか。

もちろん、好きにすればいい。けれどもそちらに逆上せて、ふうちゃんのお世話が留守になるようなら、こちらで引き取る。ふうちゃんは自分がなおざりにされていることに気づくはずだ。そんな思いだけは、絶対にさせたくない。

夕方、保育園にお迎えに行った。

「ええっ、なんでお父さん⁉」

ふうちゃんは予想以上に驚いてくれた。

「お母さんは急なお仕事が入ったから、今日もお父さんのうちにお泊りだよ。夕飯は何がいい？」

「あれでしょ」

「なに？」

「ほら、お手紙に書いたじゃん」

「あー、あれな」

「うん、あれ」

「ピーマンの肉詰め」

「ずこっ。ちがうちがう。パ、ン、ケ、エ、キ！」

たっぷり情感がこもっている。これだから五歳児はいい。

店に帰ると昨晩と同じようにパンケーキを焼き、熱海湯で排水口を眺め、『十五少年漂流記』の続きを読んでやった。

ふうちゃんを寝かしつけたあと、本間はソファでウィスキーを舐めながらゴッホの書簡集に手を伸ばした。

ゴッホの書簡集は戦前からいくつもの版元が手掛けている。いま本間が店から持ってきてサイドテーブルに積み上げたものだけでも相当な数だ。

もっとも普及しているのは岩波文庫の『ゴッホの手紙』上中下三巻セットだろう。次が、みすず書房の『ファン・ゴッホの手紙』か。古いところでは一九二七年にアトリエ社から出た『ワン・ゴオホの手紙』も店にあった。たしか三年ほど前に大久保（おおくぼ）の古い屋敷の未亡人から「主人が亡くなったので、本を引き取ってほしい」と連絡があり、宅買いに行ったときのものだ。

拾い読みにもっとも適しているのは、西村書店の『ゴッホの手紙　絵と魂の日記』である。オールカラーの画集でありながら、ゴッホが生涯で書いた七百通以上の手紙から二五一通を抜粋し、関連作品とからめて時系列にならべてあるので読みやすい。ゴッホの手紙の原本も写真で収録されている。

この本をぱらぱら眺めていると、時おりハッと息をのむほど美しいデッサンが挿入された手紙がある。こんな手紙をもらったら、画商でもあったテオは仕送りを打ち切れなかっただろうな、と気の毒に思う。兄の才能や情熱は疑いようもなかったから。

本間はウィスキーを啜りつつ、きっとゴッホが数分で描き飛ばしたに違いないデッサンの線を一本ずつ目で追った。やはりため息が出るほど美しい。一枚でいいから、ゴッホの手紙をうちの店でも扱ってみたいものだ、と夢想しているうち、夜が更けていった。

翌日は朝から雨だった。

二人でパンケーキを食べたあと、ふうちゃんにiPadを与え、本間は店を開けた。iPadに子守りをさせていると知ったら元妻は目を剝いて怒るだろう。でも仕方ない。本間だって避けたいが背に腹はかえられぬ。育児とはこうした敗北感との戦いなのだ。

本間は番台に腰をおろした。

土曜が雨だと憂鬱になる。せっかくの稼ぎどきなのに「準備中」の貼紙をしたみたいに客は入ってこず、鎖に繋がれたみたいに本は動かない。古本屋を始めて六年、本はますます売れなくなっていた。

本間は往来の雨模様を眺めつつ、母が亡くなった日もたしかこんな雨降りだったな、と思い出した。

葬儀を済ませて遺産を整理すると、結構な額が振り込まれた。本間は文具メーカーに勤めていたが、それを機に古本屋になることに決めた。若い頃からの夢だった。妻に相談すると「店がダメになっても、二人ならどうにかなるでしょ」と言ってくれた。妻はそこそこの規模の繊維メーカーに勤めており、結婚して何年も経つが、子宝には恵まれなかった。

週末になると、二人で賃貸物件を見て回るようになった。二人とも大学時代を飯田橋や市谷あたりで過ごしたので、「そのあたりで見つかるといいね」と話しあった。

いいと思ったものは賃料が高く、手の届きそうなものは立地が悪かった。なかなかいい物件には巡り合えなかったが、それはそれで悪くない時間だった。あの頃はまだ学生時代のノリの最後の燃えかすみたいなものが残っていて、その気になれば徹夜もできたし、食べ放題にも行けた。

物件巡りを始めてしばらく経ったころ、この物件に出合った。賃貸ではなく、売り物。わずか十二坪の土地に、ふるぼけた二階家が建っている。

住宅街のはずれとはいえ神楽坂だ。どうせ買える訳ないだろう、とダメもとで値段を聞いてみて驚いた。手の届かない額ではなかった。

不動産屋のナガヤマさんが理由を説明してくれた。

「借地権だから、相場よりかなりお安いんです。もちろん上物評価はゼロですし。借地料は発生しますが、固定資産税とそう変わりません。オススメですよ」

神楽坂は学生時代に妻とデートをかさねた場所で、いい印象しかなかった。人通りの少ない立地は気になったが、どうせ古本屋なんて半隠居みたいな商売なんだから、と自分に言い聞かせた。それほどこの物件に運命を感じた。ここを買いたいと相談すると、妻も賛成してくれた。本間は会社をやめ、店に内装をほどこし、什器（じゅうき）を搬入して、それまでコツコツ買い集めた古本を並べた。

もともと本間は地方の新刊書店チェーンの三男坊だった。父親が経営する書店は雑誌と漫画と参考書で売り場の七割を占めるような店で、幼い頃はそれが嬉しかったが、読書に目ざめるとそれでは物足りなくなった。

そのせいもあってか、大学時代に上京すると古本にハマった。古本の世界は鬱蒼（うっそう）とした森であり、底なしの沼であり、果ても知れぬ山脈だった。

時間だけはあったから、ガイドブックを片手に都内のめぼしい古本屋を見てまわった。格式の高い有名店もあれば、教科書に載せたくなるようなオーソドックスな古書店もあった。セレクト系のブックカフェもぼちぼち話題になり始めており、どこもお洒落だった。学生の身だから、もちろん〝均一小僧〟だった。百円均一や三冊五百円均一のワゴンから掘り出し物を探すのだ。そうやって集めた本を、まだ「彼女」だった妻とフリーマーケットで商ったこともある。いわゆる一箱古本屋だ。売れ行きのよかった日は〝店〟を閉めたあと、ちょっぴり贅沢なワインとピザで乾杯した。

本間は古本転売の快感に目覚めた。自分は本よりも、本屋が好きなのかもしれないと思った。古本屋の本質も見えてきた。

古本は買って楽しく、読んで楽しく、売って楽しい。

売れる本と、売りたい本は違う。

値づけは古本屋の生命線であり、創造的行為である。

そもそも人はなぜ古本屋になるのか？

本は売るよりも仕入れる方が楽しいからだ。

その頃、神保町に厳林書房という古本屋があった。品揃えが好きでちょくちょく顔を出していたら、「よく来るね。学生さん？」と声を掛けられた。それが縁で親しく口をきくようになると、あるとき店主がこんなことを言った。

「古本屋をしていて何が楽しいって、客が帰ったあと、灯りを落として、ろうそくの光で自分のあつめた本を眺めることさ。ウィスキーをちびちびやりながらな」

本間はこの話に心を奪われた。いつか自分も店を持ちたいと思った。ところが自分で店を持ってみると、誤算の連続だった。本間は当時妻と住んでいた中野のマンションを朝早く出て、毎晩遅く帰った。店のことはすべて一人でやった。ネット販売を始めてからは気が狂いそうなほど忙しくなった。それでもなかなか儲けは出なかった。その頃、ふうちゃんを授かった。諦めかけていたので望外のことだった。

妻は育休のあとすぐに職場復帰が決まったが、決まらなかったのは保育園である。認可はどこも気が遠くなるほどの倍率で、仕方なく入れた無認可は信じられないほど保育料が高かった。

ふうちゃんが急に熱を出したときは、本間が迎えに行った。普段の送り迎えも本間だ。それでも妻は生活全般に不服らしかった。それまでは喧嘩の火種すらなかったのに、子どもが生まれてからはすべてが喧嘩の火種となった。離乳食を裏漉しするか。使用済みオムツを一つずつビニールにくるんでゴミ箱に捨てるか。熱さましのクスリを飲ませるか。そうしたことでいちいち言い争いになった。店の赤字が続く本間は肩身が狭かった。

お互いに「もう修復不可能だ」と認めるまでには時間が掛かったが、やがて認めざるを得ない状況になった。その頃になると、衝突があっても和解や歩み寄りを求めなくなっていた。二人ともムッと押し黙り、相手が速やかに視界から消えてくれることばかりを願った。

親権は妻のものになった。シングルマザーになると、ふうちゃんはあっさり認可保育園に入れた。本間はそれまで倉庫に使っていた店の二階を改装して住み始めた。

二階でおとなしくYouTubeを観ていたふうちゃんが降りてきて、

「ねえ、お母さんまだ？」と言った。

「もうそろそろじゃないかな」

「あのさぁ」

ふうちゃんは本棚に寄りかかり、上目づかいに本間をうかがった。初めて見せる目つきに本間はどぎまぎしながら、「どうした？」とたずねた。

「お父さんとお母さんは、まだ仲直りしないの？」

本間は虚をつかれ、「そうだなぁ、もうすこし掛かるかなぁ」と力任せに微笑んだ。

「先生が言ってたよ。お友達と喧嘩しても、握手してにっこりし合えば、すぐに仲直りできますって」

「うん、できるといいね。おいで、ふうちゃん！」

本間が腕を広げると、ふうちゃんは躊躇なく飛び込んできた。本間はわが子を抱きしめ、頭の匂いを嗅いだ。なんと清潔な匂いだろう。こんなちっちゃな魂を悲しませているのかと思うと、胸が苦しくて仕方なかった。

だが、これだけは言っておきたかった。お前はお父さんとお母さんが愛し合った結果、生まれたんだ。そこだけは間違いないぞ。

「ううっ、苦しいよう」

「ごめんごめん」

「おお、よかったね」

本間が解放すると、ふうちゃんは「こんど遊園地に行くんだ」と目を輝かせた。

本間も笑顔になる。「お母さんと二人で？」

「ううん。お母さんのお友達と三人で」

心に暗い影が落ちる。

「それって男の人？　女の人？」

「男の人」

「会ったことあるの？」

「うん」

「何回？」

「うーん、わかんない」

わかんないくらい会ったってことか？

「何歳くらいの人？」

「わかんない」

「若い人？　それともおじさん？　ほら、保育園に斎藤先生って男の先生がいるでしょ。あの人より年上ぽかった？　年下ぽかった？」

「わかんない」

何を訊いてもふうちゃんは「わかんない」を繰り返した。ひょっとしたら口止めされているのかもしれない。会話に飽きると、ふうちゃんは棚からお気に入りの『退屈読本』を取り出して、くんくん匂いをかいだ。チョコレートみたいな匂いがするから好きだという。たしかにとびきり古い本はそんな香りがする。

昼過ぎ、元妻が迎えにきた。

いつもより眩しく見えたのは、気のせいだろうか。一言二言交わしただけで、ふうちゃんの手を引いて行ってしまったから、くわしいことは訊けなかった。

7

やってしまった。

原稿に初めてリテイクを出された。

先ほど希子から届いたメールにこうあった。

〈エンパスの書評、ありがとうございました。いつものよう子さんの原稿とは、一味ちがいましたね……。いくつか気になる箇所があったので、近いうちにどこかでお会いできませんか。センシティブな問題なので、顔を合わせて話したほうがいいと思うのです。ご相談したいこともありますし〉

よう子は〈今日の夕方以降ならいつでもいい〉と返信してから、そわそわして仕方なかった。返信がないか、数分ごとに確認してしまう。気持ちを落ち着かせるために、キッチンへハーブティを淹れに立った。アンの爪音があとを追ってくる。

「ごめんね、アン。また不安にさせちゃったね」

しゃがんでアンを撫でているあいだも、これで希子に見切りをつけられたらどうしよう、と気が気でない。いきなり切られることはないかもしれないが、減点材料になったことは確かだ。

カップを持ってテーブルに戻り、原稿がうまくいかなかった理由について考えた。原因はわかっていた。母だ。母がいけないのだ。正確に言うなら、母との思い出が。そのことが原稿を陰気で、収拾のつかないものにしてしまった。

よう子は幼い頃から夜中によく目を覚ます子だった。母からは「神経過敏だからだ」と言われたし、自分でもそう思っていた。けれどもあれは母のせいだったと後にわかった。よう子が母の気分に振り回されて生きてきたのは、二人きりの母子家庭のせいもあったし、よう子がエンパス気味だったせいもあった。だが、今更それを言ってみたところで始まらない。いまは希子の信頼を取り戻すことが最優先だ。

せっかく淹れたハーブティにほとんど口をつけず、冷めかけた頃、希子から返信があった。

〈あす十四時、神楽坂茶寮本店でいかがですか〉

よう子はすぐに了解の返事をした。

どんなことを言われるだろう。先の希子のメールにあった〈センシティブな問題〉〈顔を合わせて話したほうが〉〈ご相談したいことも〉といった言い回しが気になる。

悪くとれば連載打ち切りもありうるだろう。たった一つの失敗で、と思わなくもないが、もし希子がこの連載について前々から芳しくないと思っていたら、打ち切りのトリガーにはなる。希子はよく「こうすればページビューも上がりますし」と口にした。裏を返せば現在のページビューに納得いっていないということだ。

どうしてあんな未整理な原稿を送ってしまったのだろう。ごちゃごちゃしているだけでなく、暗くて、うらめしくて、自己中心的だった。できればなかったことにして貰いたい。

母とのことがいけなかったのだ。

母との過去に囚(とら)われすぎて、文章がリズムを失い、ステップを忘れてしまったのだ。

8

憂鬱(ゆううつ)なシーズンが近づいてきた。税務申告だ。

本間は節約のために税理士は使わず、毎年うんうん唸(うな)りながら自分で申告してきた。今年は書類をつくりながら、ため息が百回くらい出た。壊滅的だ。生活を切り詰めねばなるまい。

毎月の掛かりといえば、まずはふうちゃんの養育費。これは真っ先に取り分ける。次にガス、電気、水道、インターネット、スマホ代。食費はあまり掛からないが、面倒くさくて出来合いのもので済ませることが増えたから、すこしは削れるかもしれない。といっても、せいぜい月一万円程度だろう。

タバコと酒をやめたほうがいいのはわかっている。でもやめたときのことを思うと気が滅入(めい)ってくる。この二つは不眠気味の長い夜の友だから、いっそのこと中年のやもめ男の必要経費だと開き直りたくもなる。

固定資産税と組合費も固定費だ。在庫をストックしておくためのトランクルームも二つ借りているが、本当ならもう二つ欲しい。本の買いつけはなるべく控えているが、古本屋が在庫を仕入れなくなったらおしまいだ。

本間は服を買わなかった。旅行にも行かなかった。スポーツジムにも通わなかった。飲みに行くのは誘われたときだけだ。それでも手元のキャッシュが心許なくなることはしょっちゅうあった。本が売れないのだ、壊滅的に。

ネット通販を再開すれば売り上げは増えるだろう。しかしまたあの日々が始まるのかと思うだけで寿命が縮まる。

表紙の画像を撮り、商品説明を打ち込んで、アップする。注文があったら梱包し、宛て名を貼りつけて郵便局へ出しに行く。時おりくるクレームや返品要請にも対応せねばならない。リアル店舗ならやらなくていいこんなことを全てやった上で、一冊あたりの純利益が二百円なんてことは珍しくなかった。

それに本間は離婚原因の三割くらいは、自分がネット通販に手を出したことにあると思っていた。あの頃はいつもカリカリしていた。当初は「慣れればラクになるさ」と思っていたが、個人店主である限り、この働きアリみたいな生活は一生続くのだと気づいたときは愕然とした。

梱包、発送。こんぽう、はっそう。コンポー、ハッソー。

そのことだけが頭を占領した。風邪をひいて休もうものなら、この世の終わりかというくらい精神的なダメージを受けた。「発送が遅い」といって低い評価をつける客は結構いて、それらが重なると店の評価が下がり、客数じたい減ってしまうのだ。

たいして利益は上がらなかった代わりに、夫婦喧嘩が増えた。あの頃の自分にもう少し余裕があったなら、「使用済みオムツをビニール袋にくるんで捨てたい」という妻のリクエストにも、笑顔で同意できたかもしれない。少なくとも、そこから怒鳴り合いの喧嘩に発展することはなかったはずだ。

ただ一方で、今こそ店を畳んでネット専業になるべきではないか、と思ったりした。組合仲間にそういう人間がいて、彼はネット専業の利点を教えてくれた。

まず、高い家賃を払って東京に店を構える必要がない。次に、好きな時間に梱包作業ができる。嫌な客とも面と向かって対応しなくて済む（彼は接客が苦手なタイプだった）。副業も思いのままで、「夜の警備のバイトはけっこう割がよくて、そのうち古本屋のほうが副業になりそうだよ」と彼は言った。

本間はそこでふと思い立ち、大学時代の友人である滝川に、

〈来週、メシでも食わんか？〉とＬＩＮＥを入れた。

滝川は大学を出てから保険の営業マンになった男だ。そのあと自ら保険代理店を起こして潰し、いまはタクシー運転手をやっている。いわば自営業撤退の先輩だから、会えば何

かヒントを貰えそうな気がした。

　返事はすぐに来た。

〈来週は月木なら乗務がないからＯＫ！〉

　とにかくレスポンスが早いのが、滝川の学生時代からの数少ない長所のひとつだ。

〈んじゃ、月曜でどう？〉

〈了解。神楽坂まで行くよ。うまい中華が食いてーな〉

〈まかせとけ〉

　中華なら龍公亭でいいだろう。

　本間はその場で予約を入れ、店のＵＲＬを滝川に送った。


　木曜がきて、ふうちゃんをお迎えにいった。たまには歩いて帰ってみようということになり、神楽坂をとぼとぼ登っていたら、

「お父さん、アメリカに行ったことある？」とふうちゃんがたずねてきた。

「ないなぁ」

「アメリカにはライオンがいないんだって」

「ふーん。さて、ここでクイズです。アメリカには野生のライオンはいませんが、あるところにはいます。どこでしょう？」

「えっ、どこどこ？」

「ヒント。日本だと上野にあります」

「わかった！　動物園！」

「ぴんぽん、ぴんぽん。ほんとに賢いなぁ、ふうちゃんは」

これは本心だった。一週間会わないだけで、顔だちや言葉遣い、佇まいが成長しているのがわかる。

本間は恐る恐る「ところで、遊園地は行ったの？」とたずねた。

「うん」ふうちゃんはどこか浮かない顔で答えた。

「お母さんの友だちの男の人と？」

「うん」

「どんな人だった？　おじさん？」

「ひみつ」

「秘密ってなんだよ」

「教えないってこと」

「わかってるけど――」

ふうちゃんを見ると、またもや本間が見たことのない微妙なニュアンスの表情をしていた。ああ、口止めされてるんだ、と今度ははっきりわかった。幼児はこうやって人間心理の暗い襞（ひだ）を身につけていくのだろう。本間はそれ以上、問うことをやめた。

店に着くとパンケーキを焼き、ふたりで熱海湯へ行き、お布団のなかで本を読んでやった。『十五少年漂流記』は読み終えたので、今日から『星の王子さま』だ。

翌朝、またパンケーキを焼いて、保育園へ送り届けた。

店に戻って、目安箱からふうちゃんのお手紙を取り出す。

〈ぼくは　あめりかへ　いくかもよ　おてがみ　かくね　ふうちゃんより〉

アメリカ？

野生のライオンがいない、あのアメリカ合衆国のことか？

本間はふうちゃんの手紙を写真にとり、元妻にＬＩＮＥした。

〈これ、どういうこと？　旅行？〉

なかなか返事は来ず、既読マークもつかなかった。

本間は会社員が昼休みに入る時間帯をねらって、元妻のケータイを鳴らした。

「はい」彼女が出た。

「さっきＬＩＮＥ送ったけど、見た？」

「なによ、わざわざ電話なんかして」

「見たの？」

「見たわよ」

「あれ、どういうこと？」

「どういうことって、あの通りよ。行くかもしれないってこと」

「旅行？」

「ちがう」

「じゃ、なに？」

「いまは話す時間がない」

「二人で？」

「ちがう」

「じゃ、誰と？」

「わたしと、……わたしのフィアンセと」

「フィアンセ⁉」

本間は自分でも驚くほど、素っ頓狂な声を出した。

「いま、ほんとに忙しいの。またこんど話すから」

「でもお前――」

「お前とか言わないで。じゃ、また連絡する」

一方的に電話を切られた。

しばらくは言葉も見つからなかった。

じょじょに衝撃が収まると、本間は最悪のシナリオについて考えた。

元妻は再婚が決まった。相手は商社マンか何かで、ロスとかニューヨークに赴任が決まっている。元妻は会社を辞め、ふうちゃんと付いて行くことに決めた。

冷静になって考えてみると、これは最悪のシナリオでもなんでもなく、きわめて蓋然性の高いシナリオだった。

週末をはさんだ三日間、元妻から連絡はなかった。

月曜の午前中、〈早く説明してほしい〉とＬＩＮＥを入れたが返事はなかった。むなしく時は過ぎ、滝川と約束した夕刻を迎えた。本間は店を閉めて龍公亭へ向かった。

龍公亭は神楽坂の表通りにある老舗の広東料理屋である。二階には神楽坂を見おろせるテラス席まであり、安定感は抜群だ。まずは麻婆豆腐、海老マヨ、からし菜のニンニク炒めを頼み、ビールで乾杯した。

「ひさしぶり。どうよ最近」

滝川が早口でたずねてきた。東京下町にある滝川家の男たちは、祖父の代からせっかちで酒好きだという。

「よくないな。そっちは？」

「まあまあかな。そういえばこの前、まっちんに会ったぞ」

「おー、あいつな。今なにしてんの？」

「広島に転勤だって」

「てことは、まだあの会社に？」

「うん、いる。あとあいつ。ほら、軽音部にいた――」

　仲間の消息をあれこれ話しているうちに料理がきた。滝川は早々にビールのお代わりだ。

本間は料理を小皿に取り分けながら、

「じつは、息子と会えなくなりそうでさ」と言った。

「えっ、なんで⁉」と滝川が動きをとめる。

「元妻が再婚して、アメリカに行くかもしれないんだ」

「息子も？」

「うん」

　すると滝川は急に疑（うたぐ）りぶかい刑事のような目つきになり、

「お前、養育費すっぽかしてねーよな？」と言った。

「ああ。それだけはちゃんと払ってきた」

「だったら違法じゃねーか？　週イチで会うって約束なんだろ」

「うん」

「うんじゃねえよ。知り合いに弁護士がいっから、今からちょっと聞いてやるよ」

滝川がスマホを取り出した。本間は「いいよ、いいよ」と止めたが、こうなると絶対に止まる男ではない。その場で電話をかけた。

「あっ、どうも滝川でーす。お元気ですか？　じつはいま友人と一緒なんですが、ご相談したいことがあって――」

話は数分で終わった。

「法律事務所のホームページに相談フォームがあっから、そっから連絡してくれって。調べとくってよ。いま、ＵＲＬ送るわ」

滝川はスマホを操作し、「……ほい、送った。俺の名前だせば相談料マケてくれっかも」

「サンキュ。相談させてもらうかもしれない」

「それにしても、ひでえ話だな。元嫁の再婚相手ってどんなやつよ？」

「まだ何もわからないんだ」

「そっか」滝川は腕を組み、めずらしく躊躇いがちに言った。「あのさ。元嫁の再婚が決まるって、どんな感じ？」

「あー、そうだなぁ……」

本間は〝新しい男〟のシルエットを思い浮かべて、索漠とした気持ちになった。そいつが元妻の肩を抱く。二人はこちらに背を向けて遠ざかっていく。そばには小さな影がもうひとつ……。

「一言で言っちゃうと――」

口にしたくない言葉を口にするために、本間は一呼吸を必要とした。

「赤の他人よりも、もっと他人になっちゃったって感じかな」

「うーん……、なんか湿っぽい話になっちまったな」

「お前が訊(き)くからだろ」

「紹興酒(しょうこうしゅ)、ボトルでいかねーか?」

「ああ、いこう」

滝川は店員を呼んでメニューを広げた。

「紹興酒のボトルちょうだい。あとカニ玉と、八宝菜と、広東風パリパリ皮鶏(かわどり)ね」

酔うと見境なく追加注文するのが滝川の悪いくせである。

学生時代は、仲がいいという程ではなかった。急接近したのは本間が店を始めてからだ。

個人事業主どうしの連帯感があったし、息子がいるという共通点もあった。滝川は超のつく子煩悩だった。

「店のほうはどうなのよ」と滝川が言った。

「よくない」

「どこらへんが?」

「本が売れない」

「そんなん、前からじゃねーか」

「ますます売れなくなってきたんだよ。そろそろ引きどきかな、と思ってる」

「たしかに店を仕舞うなら早い方がいいかもな。俺は保険屋のとき少し粘っちゃったから、大変だったもん」

「どんなふうに？」

「思い出したくもねーけど、いまだに足を向けて寝られない親戚とか知り合いがいるよ」

　金策ということか。本間は自分が親類知己に金を借りにいく姿を想像してみた。それだけは死んでもできない。したくない。

　ボトルがきてもなかなか酔えなかった。元妻の再婚のことがずっと頭の片隅にあり、酒が旨くないのだ。ならばお前の分も酔ってやる、と言わんばかりに滝川は自ら呑まれにいくような呑み方をした。みるみるボトルが減っていく。

「ひでーよ。それはひどすぎるよ。だって五歳っていったら、可愛い盛りじゃんかよ……」

　滝川は代わりに愚痴まで漏らしてくれた。ありがたいが、ボトルが空いたらそろそろ解散するのがお互いのためだろう。

　本間は手洗いに立った。

　帰りに何気なくスマホを見ると、元妻からＬＩＮＥが入っていた。

〈相手は国際弁護士。バツいち。とりあえず向こうの事務所に何年か行くことになるかも〉

なんじゃこりゃ？

本間は立ち止まって何度も読み返した。

国際弁護士？　とりあえず何年か？　ということは、延長や永住もあるってこと？

事態を冷静に受けとめようとするが、頭と心が追いついてこなかった。

蹌踉とした足取りでどうにか席まで戻ると、滝川は目をつむって、ゆっくり舟を漕いでいた。本間は店員に〆てもらった。

会計が届き、クレジットカードを渡したあと、「おい、そろそろ行こう」と滝川を起こした。

「うん……？　なに言ってんだ、まだ早えーだろ……」

「とにかく出よう」

せき立てるように店を出た。申し訳ないが、一人になりたい。

店の前で「じゃあ、ここで」と言うと、滝川はあきらめも早かった。

「おう、じゃあな。最後に一つだけ言っておくぞ。店は諦めてもいいが、息子だけは絶対に諦めるな」

「わかった。肝に銘じる」

「あれ、支払いは？」

滝川は急に素に戻り、尻ポケットの財布に手を伸ばした。

「いいんだ。助かった。弁護士、相談させてもらうぞ」

「そうか。またな」

滝川はひらひら手を振りながら、神楽坂を降りていった。

本間は坂道を登りはじめた。夜の色が濃くなり、行きつけの店をめざす初老の男や、二軒目のバーを探すカップルが坂道を流離っている。

本間はそんな人びとの合間を縫って店に戻ると、法律事務所のホームページを開いた。滝川の紹介だと記してから、相談フォームに文章を打ち込んだ。

「別れた妻とのあいだに五歳の一人息子がいます。いまは週に一回会っていますが、妻は再婚相手のアメリカ転勤にともない、息子も連れて行くつもりのようです。息子と会えなくなるのを防ぐことはできませんでしょうか」

送信して、どさっとソファに身を横たえる。サイドテーブルにあるゴッホの書簡集に手を伸ばし、適当なページを開くと、こんな文章が目に飛び込んできた。

〈一人でいれば人は死ぬ。誰かといれば救われる〉

〈もっとも効き目のある薬は、やはり愛と家族なのだ〉

本間は大きなため息をついた。今晩に限っては、おのれの孤独を正確に見つめるゴッホの目と省察が鬱陶しかった。

そのままソファで眠り、翌日めざめると、体じゅうが痛かった。

法律事務所から返信が届いていた。

〈ご相談についてお答え致します。一方の親が十六歳未満の子を無断で国外に連れ去った場合、元の居住国に戻すという『ハーグ条約』に日本は加盟しております。ところが実際は罰則規定がなく、泣き寝入りが続いております。くわしい状況をお聞かせくだされば、訴訟も可能ですが、お子さんを引き止めるのは難しいと言わざるを得ません。それでも訴訟や調停をお考えなら、ご相談ください。なお、今回のご相談料につきましては、以下の口座に３３００円をお振込みください。みずほ銀行　東京中央支店　普通口座＊＊＊＊〉

本間は何度か読み返したが、何度読んでも〈お子さんを引き止めるのは難しいと言わざるを得ません〉という一文だけが印象に残った。

昼頃、「外出中」の貼紙をして銀行へ向かった。

ちょうどランチタイムで、近くのオフィスから吐き出された会社員たちがそぞろ歩いていた。表通りも裏通りも「さて、今日はどの店で食ってやろうか」という顔で溢れている。神楽坂の周辺にはこんなにもたくさんのオフィスがあるのか、といつも不思議に思う時間帯だ。この時刻だけは学生たちの姿もよく目立つ。人気店の前には早くも人だかりが出来ていた。

本間は銀行で振り込みを済ませると、その足で不動産屋へ立ち寄った。

「ごめんください。えーっと、ナガヤマさんいらっしゃいますか」

店を買ったときの担当者の名前を思い出してたずねると、奥から「おひさしぶりです」とナガヤマさんが出てきた。すこし頭髪が寂しくなったようだ。

「どうなさいましたか?」

営業用スマイルの奥に、若干の警戒の色がある。

「あそこを、売りに出そうと思うんです」と本間は言った。

「えっ?」

「店を売ろうと思います。どれくらいで売れますか?」

9

よう子はすこし早く「神楽坂茶寮」に着いた。ここはテラス席があるのでアンと一緒でも安心だ。紅茶を注文して希子を待つあいだ、どんな宣告を受けようとも決して取り乱すまいと自分に言い聞かせた。

希子は時刻通りにやって来た。席に着くなり、

「よう子さん、今回の原稿暗すぎ！」

と明るく言い放った。弾(はじ)けるような笑顔が目に浮かぶようで、よう子はいくぶん緊張がほぐれた。

「ごめんね、変なもの読ませちゃって」

「いえいえ、謝るようなことじゃありません。ご自身に深く関(かか)わるテーマのときって、文章がもつれたり、絡(から)まったりしますよね。わかります、その感じ。だけどそこを交通整理する能力を身につけたら、書き手として一段レベルアップできると思うんで、それで今日はお時間を頂いちゃったんです」

　打ち切り宣告ではなかったんだ、とよう子は胸を撫(な)でおろした。

「ざっくり言うと、今回は千二百字のうち四百字が本の紹介で、残りがよう子さんのご意見というか、ご主張でしたね。わたし、一行だけ引っ掛かった所があるんです。〝私も母娘(おやこ)関係では苦労したが〟というところ。じつはこの一行こそ、今回の主役だったんじゃないかなと思ったんです。それが黒幕になっちゃってるから、解りにくいのかなって」

　さすがに希子の指摘は鋭かった。いきなり患部にメスを入れられた気分だ。

　希子はお抹茶を注文して話を続けた。

「お母さまに関する具体的なエピソードがあれば、よう子さんの主張も伝わったと思うん

です。それがないから、読者が置いてけぼりになっちゃったのかな、と。もちろん『書評だから自分語りは控えよう』という配慮がはたらくのは当然です。だから今回は書評という枠を取っぱらってみませんか」

「というと?」よう子は首を傾（かし）げた。

「つまり、お母さまとの象徴的なエピソードを一つ選んで、そのことについて書くんです。本の紹介は最後の一文だけで充分。たとえば『本書は、こうした母娘関係に悩んだことのある全てのエンパスの方にオススメしたい』みたいな。文字数も多くなって構いません」

「それって――」

「はい、限りなくエッセイです。わたしこのところずっと思ってたんですよね。よう子さんにはそろそろ〝エッセイスト〟の肩書も加えてもらいたいなって」

「エッセイスト……」

なんだかシャープできらきらした響きだ。

ここで希子のお抹茶が届き、プチブレイクが入る。

「あー、おいしい。そうだ。肩書に関しては、わたしも最近困ったことがあって。会社がいきなり肩書を増やしちゃったんです。聞いてくれます?」

「もちろん」

「笑わないで下さいね。いきますよ。オーディオブック企画室、ブック・プロデューサー、パブリッシング・トータルコーディネーターですって」

「あとの二つが新しいやつね」

「そう。これからは本にまつわること全てに関わって行けってことらしいです」

「あれ、書籍販売部は？」

「外されました。営業、好きだったんですけどね。根が体育会系なもんですから」

「それは残念ね。で、その名刺をいきなり渡されたの？」

「ええ。ある日突然デスクに置いてあって。『ええっ、わたしってブック・プロデューサーだったんだ？』ってびっくりしましたよ。どうせなら空手七段って入れてほしかったな。それならウソじゃないから」

「へー、七段なんだ。すごいね」

「小三で黒帯でしたからね」

希子はめずらしく誇らしげに言ったあと、「だけど会社の言う通りな部分もあって」と話を戻した。

「二十年前には都内に千軒の書店がありましたが、いまは三百軒しかありません。雑誌も書籍も売り上げはダダ下がり。だから『本だけ作っていればいい』って出版社のスタンスはとっくに通じなくて、わたしたちもイベント企画や空間プロデュース、もしくは販売スキームなど、なにか新しい価値をつくらなきゃとは思ってるんです。まあ、ふわっとしたお達しなんで、まだふわっとした企画しか思いついていないんですけど」

「でも、やり甲斐（がい）がありそうね」

「はい。ただし出版社のいちばんの役割が、『新しい書き手を見つけて世に送り出すこと』であることに変わりはありません。わたし、よう子さんって凄（すご）いメッセージ性を持った書き手だと思うんです。誤解を恐れずに言えば、本ってみんな目で読むものだと思ってるじゃないですか」

　よう子は頷（うなず）いた。その通り。たいていの人は、目で本を読む。

「だけどよう子さんは指で読んだり、耳で読んだりする。読むだけじゃなくて、その面白さや感動を人に伝えることができる。伝えるだけじゃなくて、『人はなんで本を読むんだろう』とか、『本のある人生って豊かかも』という所まで人を連れて行ける。これって凄いことです。たぶんよう子さんには、本に救われた経験があるんだと思います。わたしはそのことをみんなに伝えたい。失礼な言い方ですが、目の不自由な方がここまで本に親しんで、救われて生きてるのに、目の見えるわたしたちが本を読まないでどうするの？　って。わたしが何かプロデュースできるとしたら、そういうことかなって。だからよう子さんには書評を書いてもらいたいし、エッセイストになってもらいたいんです」

　希子は一息にしゃべると、「これ、使いますか」と言ってハンカチを差し出してくれた。

よう子は「ありがとう」と受け取り、目元の涙をぬぐった。

「すみません、なんか勝手なことばかり言っちゃって」

「ううん、ありがとう。すごい励まされた。希子ちゃんがそんな風に思ってくれてたなんて。書くわ、母のこと。さっき象徴的なエピソードをって言われて、まっさきに浮かんだ情景があるの。たいした話じゃないけど、わたしにとっては象徴的なエピソード」

「ありがとうございます。心して読ませて頂きます」

「でも、ほんとにたいした話じゃないから、がっかりしないでね」

「しませんよ、たぶん」と希子は言った。「エピソードの大切さは、大小じゃありません。深さです。もしそれがよう子さんにとって深い経験だったなら、読む人にもきっと深い印象を与えます」

「ありがとう。そう言ってもらえると心強いわ。それにしても、希子ちゃんてほんとに頭がいいよね」

「やだぁ。そんなことないですよ」

「そんなことあるよ。わたし、いっつも思ってるもん。希子ちゃんて頭がよくて、育ちもよくて、仕事もできて、空手も強くて、きっと美人で、ほんとに羨(うらや)ましいなって」

「ほんとにそう思います？」

「心から」

「わたしだってコンプレックスの塊なんですよ」

「そんなはずないわ」

よう子はさすがに少し気色ばんだ。過度の謙遜は、聞く者にとって侮辱に感じられることがある。

「そんなことありますって」

希子はよう子の手を取ると、「ほら」と言って、自分の右頬にみちびいた。よう子の指先に荒縄のようなものが触れ、はっと息をのむ。

「小さい頃、ひどい火傷を負ったんです。これのせいでお化けだ、妖怪だって、さんざん揶揄われました。不登校にもなりました。いまはもう慣れましたけど、すれ違うたびに他人の視線を浴びるのって、けっこう苦痛だったんですよ。本と空手だけが救いでした。それに夢中になってる間だけは、傷を忘れることができたから。わたしもよう子さんのように、本に救われた側の人間なんです」

10

いつアメリカへ行くのか。俺はふうちゃんに会えなくなるのか。約束が違うのではないか。

本間は元妻に何度か問い合わせたが、答えは決まって「まだ本決まりじゃないから」の一言だった。したがって本間の生活は表面上、なんの変わりもなかった。店の外に「売物件」の貼紙をしたことをのぞけば。

もし向こうが、あまりに横暴なやり方でふうちゃんとの仲を断ち切ってくるなら、店を売ったカネで訴訟もやむをえない。ここで逃げるのは、今後の自分と息子の人生にとって良くない気がする。もちろん、産みの両親が争う姿をふうちゃんにはできれば見せたくないのだが……。

昼前、ちくま文庫の女が目を丸くして店に入ってきた。

「え～、お店売っちゃうんですか⁉」

「残念ながら」

本間はいかにも面目ないといった感じで答えた。

「どこかに移転とか？」

「じつは未定なんです。ネット専業になるか、廃業するか……。いずれにせよ、ここに店を構えておく必然性がなくなってしまいました」

「いつ閉めるんですか」

「それも決まっていません。買い手がつき次第かな」

不動産屋と相談して、売り出し価格は買い値の二割増しで出してみた。あのときより相場は上がっているから、無茶な額ではないという。売れなければ少しずつ下げていく。すぐ売れるかもしれないし、なかなか売れないかもしれない。

「素敵なお店なのに」

「そう言ってくれるお客さんがいただけで幸せです」

「すでに過去形」と彼女は今日はじめて笑顔を見せた。

「ほんとだ」と本間も笑う。

「そういえば、このあいだは絵葉書ありがとうございました。あれを眺めているだけで、色々と想像が湧いてきます。でもふと、〝わたしが昔のフランス人の手紙を持ってるのって不思議〟と思うことがあります。あれが神楽坂で買えるなんて」

「紙モノはなんでもマーケットがありますからね。古いものはとくに。戦前の満洲の写真、芸者や美人の絵葉書、古地図、古い鉄道資料（これは時刻表も含みます）、軍事郵便、昭和四十年代のアイドルのコンサートパンフレット、その半券、使用済み切手つき封筒（これはエンタイヤといいます）、すごろく、ぽち袋、マッチラベル。まだまだあります。人は、印刷物が好きなんですね」

「たしかに」

彼女は微笑むと、「おっと。今日はこれから会社で会議があるので、またあとで来ますね」と言って店を去った。ものの弾みで言ったのだろうと思ったら、夕方、彼女はまた本当に現れた。そして迷いのない動作で名刺を差し出し、

「じつはわたくし、S社の七瀬希子と申します」

と名乗った。本間はそれを受け取りつつ、「ああ、S社の方でしたか」とつぶやいた。神楽坂の上にある出版社だ。彼女のどこか芸名ぽい名前の上には、見慣れない肩書が冠されていた。「オーディオブック企画室」「ブック・プロデューサー」「パブリッシング・トータルコーディネーター」

「先ほど会議でこちらのお店のことを話したら、知ってる人間が結構おりました」

「そうですか」

何人か〝らしい〟客の顔が浮かぶ。

「お店が売りに出てることを話したら、みんなすごい残念がってて。『あそこの品揃え気に入ってたのになー』って」

本間は頬がゆるんだ。社交辞令としても、悪い気はしない。

「そしたら上司が、『あそこと組んでなにか応援できないかな』って言い出したんです」

「はい⁉」

希子が続ける。

「まだ思いつきレベルなんですが、わたしたちも『本の現場』とか『本のある空間』にも

っと関わっていこう、という目標がありまして。それで手始めに、といったら失礼ですが、こうしてご近所ですし、古本屋さんというのはある意味、パートナーシップを結びやすくもあるし」

「つまり、あれですか」

本間はふたたび彼女の名刺に目を落とした。「おたくの会社が、うちの店をプロデュースやトータルコーディネートしてくれると？　天下のS社が？」

「そんな大層なものじゃありませんが、もしご主人……えっと——」

「あ、すみません、本間です」

「本間さんが新しいことにチャレンジして、もう少しお店を頑張ってみようかな、というお積もりがあるなら、うちと組んでみて頂けませんか」

「だけどうちは古本屋ですよ」

本間は話を蒸し返した。

「わかっています」

と希子が頷く。

「でもそのことはあまり支障になりません。先ほどお話ししたように、むしろやり易いくらいで。新刊書店さんはがちがちのビジネスパートナーですから、『あちらを立てればこちらが立たず』はダメなんです」

「なるほど。うちとなら、どこからも苦情が出ませんもんね」

そう言ってみたものの、やはりS社と組むのはピンとこなかった。S社は文芸の雄として知られた老舗で、新書でも定期的にヒットを飛ばす。文庫の充実は圧倒的だし、独特の辛い視点をもったジャーナリズムでも有名だ。神楽坂上でお洒落(しゃれ)な〝箱もの〟を手掛けたことも記憶に新しい。あのときは「へぇ、あのS社がこんな今時なものを」と意外に思ったものだ。

それやこれやを総合すると、老舗出版社も生き残るためにあれこれ知恵を絞り、従来なかった方面にまで手を伸ばしているということか。

「じつはわたし、ちょっと前まで書籍販売部におりまして。全国の書店さんを見てきましたが、売り上げはどこも厳しいです。本だけで立ちゆかなくなった書店さんは、カフェや文具屋の併設を勧められます」

「わかります。僕も実家は新刊書店でしたから」

「あっ、それなら話は早いですね。ご存知(ぞんじ)のとおり、珈琲(コーヒー)や文具は粗利がちがいます。つまり、本よりずっと儲(もう)かる」

「新刊は本屋の儲けが少なすぎるんですよ」

「すみません、わたしもそう思います」と希子が頭をさげる。「だから野菜や洗剤を売ったり、美容室を併設する書店さんが出てくるんですよね」

雑貨やカフェはよく聞くが、美容室とは初耳だった。地方の小さなモールのような情景が目に浮かぶ。閉じられたシャッター。すかすかの商品棚。歩くのは年寄りばかり。そんな生活圏に本が入りこむ余地は、限りなく少ない。

「正直いって、わたしたちが本間さんにどんなご提案ができるか、まったく見えていません。だけどこのお店には一万七百冊の本があって、本間さんはその全てのライフ・ヒストリーを把握なさっている。それって凄いことじゃありませんか。しかもここにあるのは古本だけじゃない。むかしの人の手紙や日記まである。そんな物が売られていることを知らない人にとっては、とても新鮮です」

そうかもしれない。

「想(おも)いを、売りたいんです」

ぽつりと希子が言った。

「想い？」

本間は聞き返した。

「はい、想いです。あのフランスの絵葉書を見ながら、いつも思うんです。これは誰がなんのために書いたものだろう。どんな想いが込められているのかなって。ひょっとしたらこれを書いた人も、受け取った人も、もうこの世にいないかもしれない。そんなことを思うと、とても不思議な気持ちになります」

　本間は深く頷いた。印刷物の寿命は、人間より余程長い。店内にある本の著者にしたところで、八割方はこの世にいまい。ゴッホが死後に画家として不朽の名声を得たのも、七百通以上におよぶ手紙に〝想い〟を書き残していたからだ。

「人はいつかいなくなるし、考え方も変わります。だけどそのときの想いだけは残るんですよね、かたちにさえ残しておけば。わたしが絵葉書に惹かれたのは、あそこに込められた想いに触れたかったからだと思います。他人の想いに触れることで、自分の中にあるモヤモヤした想いを引き出すことができる。『人はなんのために生きるんだろう』『人の一生なんて短いものだな』『生きてるあいだに、いったい何人の人と触れあい、わかりあい、愛しあえるのか』。そんな自分の想いの現在地点というか、新しい想いも生まれてくるかもしれないし、変わるかもしれないし……、ごめんなさい、うまく言えなくて。支離滅裂ですよね」

「いえいえ、じつによくわかりますよ」

　本間は心から共感を抱いた。やはり彼女はうちの店の最上の客の一人だ。本屋は、ものを想う人のためにある。

「このあいだ教えて頂いた『昔日の客』も読みました。あそこにもたくさんの想いが詰まっていましたね。むしろ、想いしかないくらい。店も店主もお客さんも、亡くなってしまいましたから」

本間はそれを聞き、ハッと息をのんだ。いま店を売ってしまったら、かたちがなくなる。かたちがなくなれば、やがて想いもなくなる。店を始めて六年。つらいことの方が多かったが、その苦楽が愛おしくないといえば嘘になる。よろこびも悲しみも、すべてこの店と共にあった。

ゴッホは生前あれだけ望んだ人々との心の通い合いを、手紙や絵という〝かたち〟を通じて得た。想いは、残り、伝わったのだ。

「いかがですか。うちの会社と組んで頂けませんか」

「僕は何をすればいいんでしょう」

「まずはこちらでプランを練ってきます。すこしお時間を下さい」

11

よう子は頭の中で、何度も草案を練った。骨格がみえてくると、こんどは取り憑かれたように推敲をくりかえした。また希子を失望させることは絶対にできない。これがラストチャンス。そのつもりで臨む。

よう子は句読点の置きどころまで推敲を終えると、パソコンを立ち上げ、

「いまも忘れない」

と一行目を書き記した。あとは一気呵成だった。

いまも忘れない。小四の夏、地元のデパートの食堂「まるきち」で、わたしのお誕生会をしてもらった。テーブルを囲んだのは三人。わたしと、母と、当時わたしが好きだったクラスメイトのA君だ。

それまでどうにか見えていた目が見えなくなり、わたしは二学期から盲学校へ転校することが決まっていた。だからその日の誕生会は、A君とのお別れ会でもあった。

A君はわたしにゾウのぬいぐるみをプレゼントしてくれた。スタイリストを称していた母は、そのぬいぐるみが「萱草色」というオレンジ色だと教えてくれた。

食事をしてA君と別れたあと、わたしと母はデパートの店を見てまわった。盲学校では寮に入ることが決まっていたから、日用品を買い揃えるためだ。

曳かれる手の先から、母の不機嫌が伝わってきて、冷んやりした気持ちになった。原因はまったくわからなかった。先ほどまであんなに上機嫌だったのに……。

A君との食事中、母が「口は悪いけど、娘のことを思ってる母親」を演じていることはわかった。嘘をついているときの母はすぐにわかる。そういう匂いがするし、すこし声も

汗ばむからだ。わたしは人の嘘を見抜くのが得意で、当時は「神様がわたしの視力を奪う代わりに授けてくれた能力だ」と思っていた。

買い物をしているあいだ、母の不機嫌さは消えることがなかった。それどころかますます募るようだ。

「帰るよ」

バスの中でも、母はぶすっと黙ったままだった。わたしたちはちょうどエンジン部分の上に座っていたので、ぶるんぶるんエンジンが鳴るたび、内臓が掻(か)き回されるようで気持ち悪かった。

「お母さんは、お金を使い過ぎたことが面白くないのかな？」

母にはそういうところがあって、見栄(みえ)を張って散財したあと、むくれたり、何日も不機嫌が続いたりする。

「まさか、わたしやＡ君のせい？」

食堂で母の気に食わない言動があったか、記憶をたどってみた。でも思い当たるふしはなかった。アパートに着くと、母は買ってきた物をどさっと放(ほう)り投げ、冷蔵庫に直行した。缶ビールを開ける音がする。

わたしは部屋の隅に座り、Ａ君がくれたゾウのぬいぐるみを撫でた。萱草色ってどんなオレンジ色だろう。夕陽(ゆうひ)、ぽんかん、シャンデリア……。わたしの脳内パレットにはたくさんの色見本がしまわれていた。いつか目が見えなくなると聞かされた幼い頃から蓄えてきた色の記憶だ。

「それ、捨てちゃえば?」母が言った。

「えっ……」

「それ、あてつけだよきっと。あんたは知らなくていいけど、群盲ゾウを撫でるってことわざがあってね。それにあてつけたんだよ。ほんと、嫌なことするね。捨てちゃいなよ」

「でも、ほんとにA君が選んでくれた物かもしれないし……」

ぬいぐるみを持つ手に自然と力が入る。

「んなわけねぇだろ」

母は鼻で笑った。

「小四のガキがこんなもん選ぶかっつうの。だいたいあの子の母親には最初からムカついてたんだよ。こっちが挨拶(あいさつ)に行ったときも、ずっと見下したような目つきでさ。何軒か店やってんのが、そんなに偉いのかっつーの。だから嫌なんだよ、金持ちは」

A君が選んだものでないことは、わたしにもわかっていた。食堂で母が「これ、A君が選んでくれたの?」と聞いたとき、A君が「あ、はい、母と一緒に……」と口ごもったからだ。わたしは「あ、いま嘘ついた」とわかった。

でもそれはやさしい嘘だった。わたしを傷つけまいとするための嘘だった。わたしはA

君にやさしくされると溶けてしまいそうになる。

ぬいぐるみについて、母はそれ以上グズグズいわなかった。不機嫌の原因がわかったことで、わたしは少し落ち着きを取り戻した。

盲学校には夏休みのあいだに入寮した。わたしは幼い頃から不眠気味だったので寮生活に馴染めるか不安だった。

寄宿舎は四人部屋だった。学年に女子は三人しかいなかったので三人で使った。ルームメイトの一人は、わたしのおでこのあたりで声を出す背の高い子。もう一人は、わたしの首のあたりで声を出す背の低い子。二人とはすぐに仲良くなれた。

わたしたちは創作テープづくりに熱中した。みんなでシナリオをつくり、声優をつとめる。ラブストーリーが一番人気で、次が怪談。出来上がると、先生やほかの生徒たちに聞いてもらった。褒められると嬉しくて、いっそう凝ったものにチャレンジした。二時間の恋愛大河ドラマにチャレンジしたこともある。

ほかにわたしが熱中したのが、読書だった。図書館にある点字本を片っ端から読んでいった。読書で得た知識は、テープのシナリオづくりにも役立った。

盲学校に入り、ひとつだけ愕然としたことがある。それは、生まれつき全盲の子は信じられないスピードで点字が読めるということだ。いちばん早い子は晴眼者と同じくらいの速度で読めた。点字の習得はピアノの早期教育みたいなもので、何歳で始めたかがモノをいうらしいと知った。十歳から点字を始めたわたしは、努力が必要だと痛感した。この頃には、「本を生涯の友として生きて行くのだろう」という予感があった。

気がつけば、不眠はぴたりとやんでいた。なんとなく、自分が成長したせいだろうと思った。母の機嫌に振り回されなくなったせいだとは、露ほども思わなかった。

中学部に上がると新入生が入ってきて、学年は男女あわせて十五人になった。

中学二年のクリスマス、一つ年上の男子からカセットテープをプレゼントされた。テープには三曲の歌がダビングされていた。槇原敬之の『どんなときも。』、ブルーハーツの『情熱の薔薇』、井上陽水の『少年時代』だ。もちろん点字のラブレターも添えられていた。これが寄宿舎内における告白の作法である。

わたしは困惑した。もしテープにダビングして返すならプリンセスプリンセスの『Diamonds』かな、と想像したりしたけれど、それでは告白を受け入れたことになってしまう。

悩んだすえ、ある日わたしは、周囲に誰もいないことを確認してから、彼の耳元でささやいた。

「テープありがとう。でも、ごめんね。わたし、ほかに好きな人がいるから……」

彼は蚊の鳴くような声で「うん……」と答えた。これまであまり口を利いたこともなく、反応も見られない相手に断りを告げるのは、不思議な感じだった。

けれどもその晩、布団に入ってから、涙が出てきた。彼は勇気を出して告白してくれたのだ。好きと言われて、わたしも悪い気はしなかった。けれどほかに好きな人がいることもまた事実なのだ。

次から次と涙があふれてきた。わたしは鍵（かぎ）のかかった抽斗（ひきだし）から一枚の手紙をとりだした。盲学校に転校してすぐ、A君がくれた五文字だけの点字のラブレターだ。

もちろんA君は点字プリンターなんて持ってないから、わたしが読めるように米つぶを接着剤で貼りつけて送ってくれた。A君がくれた手紙はその一通だけだったが、わたしにとっては宝物だった。わたしは米つぶを何度も指でなぞり、気持ちを落ち着けた。

中二の終わりごろになると、進路について考えさせられた。盲学校の普通科に進む子もいれば、ピアノが得意で音楽科へ進む子や、鍼灸師（しんきゅうし）をめざす子もいた。わたしはこのまま普通科に進みたいと母に伝えた（ちょうどその頃、わたしの目にうっすら光が射（さ）してきたのは不思議な経験だった）。

その後いろいろあって、また母と暮らすようになった。すると不眠が再発し、体調が優れなくなった。そのとき初めて「これは母のせいかもしれない」と疑った。

母は気分屋で愚痴っぽい。わたしと二人きりのときは、人に聞かせられないようなことを平気で口走る。もちろん可愛がってくれることはあったし、面倒もよく見てくれた。感謝がないわけではない。でもそれと同じくらい、傷つけられたり、振り回されたりした。わたしがエンパス気味だったせいもあるだろう。

本書を読んで、救われる気がした。初めて読んだ時はあまりに自分に当てはまることが多すぎて——また母とのいやな記憶もよみがえり——ちょっと過呼吸気味になってしまった。それでも時間が経つと、自分という人間を深く知ることができて救われた。

わたしはエンパスだったのだ。相手の嘘に敏感で、告白してくれた人に断るときも、相手と同じように傷つく。そしてなにより、母の機嫌に振り回されながら生きてきた。

同じような苦しみを持つ人は多いだろう。日本人の五人に一人はエンパスだという。ぜひ本書を手に取り、救われてもらいたい。エンパスのスイッチを切る方法は、たしかに存在するのだ。

12

一回目の〝二人だけ会議〟は店で行われた。

番台をはさんで、希子からペーパーが手渡される。

「まず部署の会議で話に出たのが、『いまはお祭り感がないと、本って買ってもらえないよね』ということでした」

「お祭り感？」と本間はたずねた。

「ええ。残念ながら人々はもう日常の中に本を求めていません。日常の中に綿菓子を求めていないように。けれども縁日では綿菓子が売れますよね。なぜか？　お祭り感があるからです。人は気分が高揚したとき、財布のヒモを緩めます。だったら本もお祭り感の中で売れればいいんじゃない？　というわけで、このお店に祝祭的な雰囲気を出す方法について話し合ってきました。結論からいうと、『コラボじゃね？』ということになりました。そこにあるのがコラボ案です」

本間はペーパーに目を落とした。

希子が解説をくわえる。

「一つ目のグリーン・ディレクターというのは、暮らしと植物の融合をめざす造園家の方です。飲食店やホテルなどさまざまな空間をプロデュースしています。本と植物は親和性が高いので、このお店を緑で彩ってもらったり、鉢を置いたりと、まずはそんなところから始められたら。

二つ目の漢方（ハーブ）レシピ研究家の方は、『漢方のじかん。』という教室を主催されている、ご高齢の先生です。一人ずつ診断&処方してくれるのはもちろんのこと、〝おいしい漢方〟を掲げてレトルトやスイーツも開発しているので、パック食材を置いてみるのもいいかも。もちろんトークイベントもありです。

三つ目のヨガ・ティーチャーは、心身を整える呼吸法やポーズを出張レクチャーしてくれます。ちなみにこのお店の二階は何に使ってるんでしたっけ？」

「僕の住居です」

「じゃあヨガはスペースの問題をクリアしないといけませんね。

四つ目の3Dプリンター・アーティストは、3Dプリンターで作ったミニチュアやオブジェを、お店のちょっとした空間や隙間に配置してくれます。動物がめっちゃ可愛いんです。買った本をその場でスキャンして、オブジェをプリントアウトするサービスも面白いよね、と話に出ました。

五つ目のアロマオイル・アドバイザーも、このお店に合ったアロマを提案してくれます。

六つ目の映画カウンセラーも提案型で、お客さんの悩みを聞いたうえで効きそうな映画を三つほど処方してくれるそうです。

ここまでで、興味あるものがありましたか？」

「植物や漢方かなぁ。店番してるあいだに健康になりそうだし」

「ははは、確かに。うちの部長はフェアもやって欲しいと言ってました。『なんなら毎日内容を変えて、フェアの千本ノックだ!』って」

「毎日⁉」

「すみません。体育会系なんです、うちの部長。もちろんミニフェアで構いません。五冊だけのフェアとか、三十センチだけのフェアとか、レジ前だけのフェアとか。とにかく、しょっちゅう新しいお祭りが開催されてることが大切なんです。あそこの店に行けば何かやってるぞ、というわくわく感が。続けていけばSNSとかで話題になると思うし、もちろんうちのアカウントからも発信させてもらいますんで」

「わかりました。考えてみます。それにしてもみなさん、コラボ受けて下さるんですかね?」

「そればっかりは、オファーしてみないとわかりません。売れっ子ばかりですから。みなさんに共通してるのは、伝えたいメッセージや届けたいモノがはっきりしてること。つまり、想いです。想いが込められたモノやコトって、やっぱり届くんですよ。だからこのお店を本間さんの想いで一杯にすることができたら、お客さんも足を運んでくれると思いますよ」

「想い、か……」

　この店を古本で埋めるなら朝飯前だが、自分の想いで埋めるとなると、いささか在庫が心許なかった。

「でも天下のS社が、まさか本当にうちと組んでくれるとは思いませんでした」

「なに言ってるんですか」と希子が感じのいい笑顔を見せる。「うちも手探りなんです。だからまずは自分たちがこれまで目を向けてこなかったもの、たとえば地元、小売り、読書コミュニティ。そうしたものに関わっていけば、新しい何かが生まれるんじゃないかと思ってるんです」

「うちがそのモデルケース？」

「の、ひとつです。地元ですし、わたしもこうしてご縁を頂いたし。商材が被(かぶ)るようで被らないところもやりやすいです。ところで本間さんは、書店さんのおうちの子だったんですよね。新刊書店にはあまり興味はないんですか？」

「ありませんね。正直いって、出版社は本を出しすぎです」

「すみません」希子が軽く肩をすくめる。

「おたくはまだマシなほうだけど、業界全体の出版点数はいまの十分の一でいいでしょう。じっくり書かれたものを、じっくり並べて売りたい。それが大方の書店員の心の声じゃありませんか。そのかわり定価を二倍か三倍にすればいい。いまみたいに新刊の洪水じゃ、自分が読むべき本なんて誰も見つけられませんよ。この店にある本だけだって、読み尽くすには何度も生まれ変わらなきゃいけないのに」

「おっしゃる通りです」希子が悲しそうな目をした。

本間は自分の声が高くなっていたことに気づき、「すみません。なんか偉そうなこと言っちゃって」と謝った。「でも、両親が苦労するところを見て育ったものですから。親父が亡くなったあとうちは会社を整理——つまり倒産させたんです」

「そうでしたか……」

「なのに自分も店をやってしまうんですから、本屋の倅は本屋なのかな」

「お父さまも天国で喜んでいらっしゃいますよ」

「どうだろう」

「きっとそうですって。それじゃ今日はここらへんで失礼しますね。コラボとフェアの件、お願いします」

「承知しました」

本間は一人になると、なぜ自分は古本屋になったのか思い出そうとした。けれどもうまく思い出せなかった。見失ってしまったのだ。若い頃の想いを。

ゴッホはもともと伝道師になりたくて見習いをしていたが、「良識と精神の均衡に欠ける」という理由でクビになったという。そして二十七歳のとき「絵を描いて生きていく」と決めた。それから自殺するまで一度もブレなかった。

若き日の情熱や想いは冷めやすい。もしゴッホを狂気の画家と呼ぶならば、二十七歳から一度も想いを見失わなかった、そのことにこそ狂気を見るべきではないだろうか。本間はゴッホがいまの自分より若くして亡くなったことを思い出し、深いため息をついた。自分は想いを見失なったまま老い、死んでいくのかもしれないという想像が、なによりやり切れなかった。

13

待ちに待った木曜がきた。

今日のランチはフレンチ前菜の食堂「ボン・グゥ」だ。お店は二階にあるので、希子は階段の下で待ち合わせにしてくれた。

「あ、よう子さん。こっちです！」

前方から希子の声がしたが、よう子はもっと前から希子の存在に気がついていた。希子を見つけると、アンが跳ねるような足取りに変わるからだ。

「ごめんね、希子ちゃん。ありがとう」

二人と一匹で階段をあがり、席へ通される。

ランチはタルトフランベセットを頼む客が多いようだった。ぱりぱりに焼かれたタルトフランベの香ばしい小麦の匂いが漂っている。希子はサーモンマヨとルッコラのタルトフランベを、よう子はアンチョビと玉ねぎのタルトフランベを選んだ。

注文を終えるのを待って、希子が言った。

「原稿、めっちゃ面白かったです！」

よう子の白い歯がこぼれる。お誘いメールに褒め言葉が並んでいたから、予想できたことではあるが、面と向かって褒められるとやはり嬉しい。

「A君がくれた米つぶのラブレターってなんですか！　あれだけで映画の予告編を観たみたいにウルッときちゃいました」

「よかった。気に入ってもらえて」

「あのくだり、もっと読みたいです」

「えっ⁉」

「A君からラブレターが届くまでのこと、書いてくれませんか。こんどは短編小説として。また特別編としてアップさせて貰いますんで、ぜひお願いします。あ、小説内で〝A君〟はちょっとアレなんで、なにか適当な名前をつけてくださいね」

「はあ」

よう子は狐に摘まれたような気持ちで生返事をした。エッセイの次は、短編小説？

料理が届くと、希子がフォークを持ったよう子の手を取り、プレートのどこに何の料理があるか教えてくれた。

「これがカブで、これがレタス。キャロットラペはここで、ゆで卵はここです。スープはこっちにあります」

フレンチ前菜の鮮やかな彩りが目に浮かぶ。

「ありがとう。それじゃ、いただきます」と口に運ぶと、どれも美味しかった。前菜といっても軽すぎず重すぎず、女性にとって絶妙な味つけと分量だ。

「そういえば今度、漢方の研究家に会うことになったんですよ。その方は漢方成分の入ったわんちゃんの食べ物も開発してるんで、よかったらアンにプレゼントしてもいいですか」

「いいの？　きっと喜ぶわ」

「やったあ！　じつはわたし、アンが大好きなんです。だけどハーネスをしてるときは邪魔しちゃいけないって盲導犬協会のホームページにあったから、いつもなるべく目も合わせないようにしてて。だからプレゼントできるの、嬉しい」

「アンも希子ちゃんのこと大好きだと思う。今日も希子ちゃんを見つけてスキップしてたもん。いまも希子ちゃんの口から自分の名前が出て喜んでると思う。仕草には出さないけどね」

「あーん。惹かれ合うのにもどかしい二人ですね。あ、いまのちょっとダジャレっぽかったですか？」

　ふふふ、とよう子は笑った。「ところで漢方研究家って、本の著者か何か？」

「いえ。じつはこの近くの古本屋さんと組んでるプロジェクトがあって、そのコラボ企画なんです。とりあえず実験的に漢方食材を置いてみよう、ということになりまして。漢方っていっても、極限まで砂糖を少なくしたスイーツなんかもあって、美味しいんですよ。こんどよう子さんにもお持ちしますね」

「ありがとう」

「スイーツの話も出たことだし、わたしたちもいっちゃいますか」

「へへへ。いっちゃう？」

　二人は追加でフレンチデザートをつけた。よう子はほうじ茶のブランマンジェ、希子はレアチーズのムースだ。

「ふぅ～、美味しかったぁ」希子が満足げに言った。

「ほんとに。ご馳走（ちそう）さまでした」

「それでは原稿の件、よろしくお願いしますね」

　よう子は水を飲み、口の中を清めてから、つつしんでお受けしますと答えた。

14

本間は先ほど届いた漢方食品のレトルトやティバッグを陳列し、まわりに東洋医学関連の本を並べた。漢方コーナーの完成だ。

番台から眺めてみると、悪くなかった。希子が書いてくれた明るい色調のポップ効果もあり、そこだけ花を置いたみたいだ。

しばらく眺めたあと、番台でノートパソコンを開いた。このところずっとフェア案を書き留めている。

女性の日記本フェア（すぐできる）
往復書簡集フェア（すぐできる）
異色の対談フェア（すぐできる）
多重人格本フェア（中井久夫をキーブックに据えたい。何冊か新たに仕入れよう）
印象批評フェア（落語と文芸が多く、歌舞伎が少ない）

ハッピーエンド小説フェア（案外思い浮かばない）
バッドエンド小説フェア（案外思い浮かばない）
ビターエンド小説フェア（ぜんぜん思い浮かばない。おかしい。すべての小説はこの三つのどれかのはずなのに）
名言集フェア（宅買いで大量に仕入れたやつがある）
本屋と図書館が舞台の作品フェア（出版社も加えるか？）
妻を亡くした夫の回想録フェア（うんざりするほど多い）
夫を亡くした妻の回想録フェア（うんざりするほど少ない）
ゴッホ関連フェア（すぐできるが、自分が読み終わってからにしよう）
作家の生まれ月別フェア（これなら一月から十二月まで十二本稼げる）
在野学者フェア（そろそろ開店時からある『たたら生活者』初版も売れて欲しい）
声を掛けてくれたらいつでも番台に座れますフェア（もはやフェアではない）

こんな調子で挙げていけば、千本とはいかないまでも、五十本くらいはできそうだ。フェアのポップで店をお花畑のように埋め尽くすのも悪くないな――と、そんなことを思った矢先、元妻からＬＩＮＥが入った。それは前置きもない、こんな文面だった。

〈面会交流に関する約束事〉
・決められた時間や場所を守る
・元配偶者の悪口を言わない
・元配偶者の現在の生活をしつこく子どもに尋ねない
・子どもに勝手にプレゼントをしない
・子どもと勝手に約束をしない
・現在一緒に暮らしている親の教育方針を尊重する

カッと頭に血がのぼった。怒るな、と自分に言い聞かせるが、背後にちらつく男の影を思うと冷静を保つのは難しかった。なんだ、これは。

第二信がきた。

〈これらのことをお守り頂けるなら、今後も引き続き木曜日は面会日にしようと思います〉

脳幹のあたりで、声にならぬ叫び声をあげた。なんでお前たちにこんなことを言われなくちゃいけないんだ？　本間は怒りに震える手で――そこにいくぶん、恐怖に似た感情が混じっているようなのが悔しかった――返信を打った。

〈これ、どういうこと？〉

〈だってこの前、ふうちゃんにいろいろ訊いたでしょ。嫌がってたよ〉

〈ほんと？　五歳児がそんなこと言う？〉

〈ほんと。とにかく、これを誓約するの？〉

訴訟、面会、調停、裁判……。さまざまな言葉が本間の脳裏を駆けめぐった。そっちがやる気ならやってやるぞ、という気持ちがむくむく頭をもたげる。だが、最後に思い浮かんだふうちゃんの笑顔がすべてを打ち消した。

〈する〉

本間は深い敗北感に包まれながら返信した。

スマホがホーム画面に戻り、家族写真を映しだす。百日参りの写真だ。おくるみに包まれたふうちゃんを元妻が抱き、その二人を抱くように本間が彼女の肩に手を回している。二人は幸せそうな笑みを浮かべていた。

「クソっ」

くやしさ、むなしさ、不甲斐なさ、もどかしさ。そうした気持ちを誰かに吐露したかった。しかし、本間の感情生活に興味をもつ人間はこの地上に誰もいなかった。それは驚くべきことだった。すべての想いは、おのれの脳内電気信号として空しく消え去り、あとには何も残らないのだ。

——俺は、一人ぼっちなんだ。ゴッホのように。

そう思ってすぐ、それが間違いであることに気づいた。ゴッホにはテオがいた。七百通以上におよぶ兄の告白に耳を傾けてくれる心優しい弟が。

つまり俺だけが……。その先を言葉にすると、自分をこの世につなぎ止めている何かがぷつんと切れてしまいそうだった。本間はため息をつくことで探索を打ち切るサインとした。

15

「転校生の竹宮よう子さんです。」

担任がそう告げる前から、三年二組の七十四個の好奇の瞳(ひとみ)が私にぐさぐさ突き刺さってくるのを感じていました。このクラスにもう二つ瞳を増やすはずだった私の目が、半ば閉じられていたからでしょう。

「竹宮さんは目が不自由で、あまり物が見えません。お世話してあげましょう。」

休み時間に入ると、一番前の席を当てがわれた私を女子たちが取り囲みました。

「どれくらい見えてるの?」

「お風呂は一人で入れる？」

「好きな色は？」

私はニコニコしながら質問に答えました。彼女たちをがっかりさせないように。けれどもあまり好奇心を刺激してしまわないように。男子は拡大コピーされた私専用の教科書を勝手にひらき、「すげー、でけー、ずりー。」と声をあげます。

転校してしばらく経った、体育のドッジボールの時間のことでした。

ゲームが始まってすぐ、コダマの投げたボールが私の顔面を直撃しました。コダマはクラスでいちばん運動神経がよく、女子にも容赦ない奴です。一方の私は、ボールトスでどちらボールになったのかすら分からず、センターライン付近でおろおろするばかりでしたから、コダマの恰好の餌食でした。

メガネが吹っ飛び、鼻血が出ると、

「保健室へ連れていって！」と担任が叫びました。

私は手を曳かれながら、血の不味さに耐えつつ、「これは神罰じゃないかしらん。」と考えていました。神様は私を懲らしめるために、コダマを使って一撃を下されたのだ。その頃の私は、何か嫌なことがあるたび、そんなふうに考える癖がありました。

「あの子の目はいつか見えなくなるらしい。」

ということは、クラスのみんなが知っていました。それなのに私がドッジボールに加わっていたのは、母が担任に頼んだからです。「少しでも見えているあいだは、特別扱いしないでほしい。みんなと同じに扱ってください。」と。

だから次のドッジボールの時間も参加しました。「またコダマに狙われるかもしれない。」と思うと、怖ろしくてたまりませんでした。コダマの投げるボールは速すぎて、私には影も形も見えません。身体のどこかに衝撃が走ったあと、すこし遅れて、激しい痛みと共にようやく当てられたことに気づくのです。

Q．どうして神様は私に苦難を与えるの？

A．私が選ばれし者だから。

そんなふうに大げさに考えなくては、ゲームに参加する気になれませんでした。また、やられるに決まっています。ところがゲームが始まってすぐ、私の前に立ちはだかる影がありました。カザマ君です。なんと無謀な、と思ったのも束の間、あんのじょうカザマ君はコダマに一発でやられました。

その時はたまたまかと思いましたが、その次もゲームが始まるとすぐ、カザマ君は私の前に立ちはだかってくれました。彼が盾になってくれたお陰で、私はそこまで痛い思いをせず済むようになりました。コダマと距離を取ることができたし、ほかの人にぶつけられることも増えたからです。

学期末、母が個人面談から帰ってきて言いました。

「あんた、ドッジボールでカザマ君に守ってもらってるんだって？　いまから菓子折り持って、あっちのうちに挨拶に行ってくっから。」

そんなことはして欲しくありませんでしたが、母は見栄っ張りで人に借りをつくるのが大嫌いな性格。止めても無駄だろうと思って黙っていました。

挨拶から帰ってくると、母は不機嫌になっていました。カザマ君のうちがお金持ちだったことが気に食わなかったのかもしれません。うちは母子家庭で、洋裁学校を出た母はスタイリストを名乗っていましたが、実際は洋服の修繕や、クリーニング屋のパートで生計を立てていました。


小三から小四はクラス替えがありませんでした。担任も持ち上がりです。

梅雨前から、私は白杖をもって登校するようになりました。

「よう子ちゃん、大丈夫？　見えなくなったの？」

女子たちが心配そうにたずねてきましたが、

「大丈夫。まだちょっと見えてるから。」

と答えると、彼女たちは「なーんだ。」とつまらなそうに言いました。

でも本当は末期的な状態でした。もう拡大コピーされた教科書にどんなに目を近づけても文字は拾えませんでした。かたちの識別はおろか、光量さえボリュームを下げていましたが、悲しくはありませんでした。幼い頃から「いつか見えなくなる。」と聞かされていたからです。

神罰。

やはりそんなことを思わずにはいられませんでした。

私はどこか遠い星で、摘んではいけないとされる花を摘んで神の怒りを買い、目から光を奪われたうえで、この地球へ追放されたのだ。そんな作り話をよく考えました。お話にはほかにも「私が王子さまに見初められて嫉妬を買ってしまい」とか、「呪われた指輪と知らずに嵌めてしまい」といったバリエーションがありました。いずれにせよ、私が神罰によって光を失えば、おちはつくのです。

ある日の下校中のことでした。私はその手の空想に遊びながら信号待ちをしていました。私は近くにほかの人やクルマの気配がないと、信号が青か赤か判断がつきかねるのですが、そのときは十秒ほど前にクルマが目の前を横切ったので、赤と思って待っていました。

すると誰かが私の後ろを通り過ぎざま、

「青だよ。」とささやきました。

私はハッと空想から醒め、歩き出しました。

気がついたときには、途轍もなく大きく速いものが迫ってきて、

「キキーッ！」と激しい音を立てて止まりました。

トラックの運転手が窓をあけて、「バカヤロー！」と叫びました。そしてその場に立ち竦んで動けなくなった私を避けるために、いったんバックしてから走り去りました。

私は家に帰ってからも震えが止まらず、「しばらく外に出たくない。」と母に告げました。事情を訊かれたので、

「たぶんコダマ君の声だったと思う……。」

と言うと、母はカンカンに怒ってコダマの家に乗り込みました。はじめコダマが「僕じゃないよ。」と白を切ったことが、母の怒りに油を注ぎました。

「どの口が言うか！　うちの子は、スズメの声だって聞き分けられるんだよ！」

それは本当のことでした。私はスズメの鳴き声で、外の天気や時刻を言い当てることができたのです。でも、問題はそこじゃありません。私は人の嘘をほぼ見抜ける――はずだったのです。それなのにコダマの嘘は見抜けなかった。なぜだろう。どうして。「青だよ。」の一言があまりに短かったから？　私が空想していたから？　よくわかりませんでした。

この一件は全校ＰＴＡでも取りあげられました。校長が保護者に事情を説明し、頭を下げたという話が駆け巡ったあたりから、なぜか私は女子たちから仲間外れにされるようになりました。母が職員室でわあわあ騒ぎ立てたという噂も、ほかの親たちの心証を害したかもしれません。「あの子とは、ちょっと距離をおいてもいいかもね。」……。

給食のあと、うがいをするために水道を使っていたら、

「よう子ちゃん、きたなーい。」

と突然言われました。私には水が溢(あふ)れないように、コップに指を差し入れて水量を確かめるクセがあったのです。これまでもそうしていたのですが、この時ばかりはほかの女子たちも「えーっ。」「やだぁ。」と同調しました。

ひとりで、昼休みを過ごせる場所が必要になりました。

私は五感を頼りに（といっても、視覚以外の四つですが）、ひとけのない方へ、ひとけのない方へとすすみ、そうして見つけたのが、理科室の突き当たりの廊下でした。そこは校舎のなかでいちばん暗く冷たい場所でした。それだけに通りかかる人も稀(まれ)で、昼休みともなれば誰も近寄りません。

私は昼休みが始まると、プラスティックの点字一覧表を持って、壁を伝い歩きながら、そこを目指すようになりました。

まるで座敷牢(ざしきろう)のようにしんと静まった空気のなかで、廊下にぺたんと座り、どうして私はこんな場所にいるのだろう、だれがここへ私を追いやったのかしら、と思うと、怖いのは神罰なんかじゃなくて、人間の集団だ、私はその中でずっと生きていかなくちゃいけないのだ、ということに思い至り、暗闇(くらやみ)の住人である私は、さらに暗い気持ちへと沈んでいったのでした。

ある日、そこで点字を追っていたら、

「竹宮、なにしてんの？」と話しかけられました。

「えっ、カザマ君？」私は声のする方へ顔を向けました。

「うん。」

「点字の練習してたの。」

私は一覧表をかかげました。

「へー、これが点字か。」

カザマ君が点字表を覗（のぞ）きこんできました。あ、そうか。カザマ君は給食当番だから、食器を返しに行った帰りにここを通りかかったのね、と気づきました。

「触ってみていい？」とカザマ君が言いました。

「いいよ。」と答えると、カザマ君はざっと点字表に指を走らせ、「全然わかんないや。」と残念そうに言いました。私は笑ってしまいました。一発でわかるくらいなら、こっちも苦労しませんて。

私はカザマ君の手を取り、「ほら、これが『あ』で、これが『い』だよ。規則性があるから、それを覚えちゃうと早いんだって。」と教えました。私は軽く手を添えただけでしたが、まるでカザマ君の手をCTスキャンにかけたみたいに骨格がくっきり脳裏に浮かびました。手の甲はちょっとざらざらしてて、男の子の手といった感じです。

するとカザマ君は突如立ち上がり、

「おれ、ハンドベース行かなきゃ。」

と宣言しました。女子に手を握られているところなんて見られたら、男子の沽券に関わるのでしょう。言うや否や、ダッと駆け去りました。

翌日の昼休みも、私はそこで点字を追っていました。すると給食室の方角から、足音が聞こえてきて、カザマ君だといいなと思っていたら、はたして彼でした。

「よっ。また点字の練習してたの？」

「うん。」私は胸の高鳴りをおさえつつ答えました。

「思ったんだけど、その点字表ってちょっとカッコいいよな。」

「かっこいい？」私は首をかしげました。点字表がカッコいいというセンスは、ちょっとわかりかねました。

「点字の練習してどうすんの？」

「だってもう、これでしか本とか読めないから。あと、これはまだ内緒なんだけど、私一学期が終わったら転校するの。」

「えっ、どこに？」

「盲学校。」

「どこそれ。」

「目の見えない子たちの学校。」

「ふーん……。」

沈黙が訪れました。昨日みたいに突然去られてしまう前に、私は「ありがとね。」とお礼を言いました。

「なにが？」

「ほら、ドッジボールのこととか。」

「いや、あれはべつにお前のためじゃないから。」

カザマ君の声がすこし汗ばみ、高くなったので、私は嬉しくなりました。嘘をついている証拠です。

終業式が近づいたある日、

「あんた、誕生会やれば？　お別れ会もかねてさ。」

と母が言いました。私は別にやりたくなかったのですが、

「もしカザマ君が一人で来てくれるならやりたい。」

と言ってみました。母はとても嫌がりましたが、結局、その日のうちにカザマ君のお母さんに電話してくれました。

「娘が盲学校に転校して、寮に入ることになりました。ついては仲良くしてくれたカザマ

君と、娘のお誕生会をかねたお別れ会をしたいのですが、終業式の日のお昼に、駅前デパート六階の『まるきち』にカザマ君をご招待できないでしょうか。」

　カザマ君のお母さんは本人に確かめもせず、その場で了承してくれたそうです。

　終業式の日、担任が私の転校を告げると、教室中から「えーっ！」と声が上がりました。ホームルームが終わると、女子たちは私を取り囲み「元気でね。」「お手紙書くね。」と口ぐちに言いました。泣いている子もいました。みんな昨日までは口もきいてくれなかった子たちでした。

　私は両手にぱんぱんの荷物をもって家へ帰り、よそゆきの服に着替えてから、母と「まるきち」へ行きました。店の前で待っているとカザマ君も到着し、私たちは四人がけのテーブルへ案内されました。

　母が愛想よくメニューを差し出し、

「カザマ君、遠慮しないでね。あとでデザートも頼もうね。」と言いました。

　まるきちは大衆食堂だからなんでもあります。カザマ君はラーメンにコーラ、私はハンバーグにファンタグレープ、母はナポリタンにビールと決まりました。家族連れの喧騒（けんそう）、ケチャップのにおい、カトラリーが床に落ちる音。目が見えなくても十分わかるほどの賑（にぎ）わいです。

　乾杯のあとカザマ君が、「あの、これ。」と少しもじもじした様子で言いました。

「わっ、よう子。カザマ君がプレゼントくれたよ。ほら、可愛い赤いリボンがついてる!」

手探りでリボンをほどくと、中から柔らかな布と綿のかたまりが出てきました。ぬいぐるみです。撫でると、長い鼻がついていました。

「ゾウ?」

私がたずねると母は、

「うん。色は萱草色って種類のオレンジ。これ、カザマ君が選んでくれたの?」

「え、あ、はい。母と一緒に……」

あ、嘘ついたと私には分かりました。きっとカザマ君のお母さんが選んでくれたものなのでしょう。

「センスいい。女ごころがわかってるねぇ。」

母が感心したように言います。これも嘘。

それから私たちは「もう、お腹いっぱい。」を繰り返しながら、デザートまできっちり食べあげました。カザマ君とは店前で別れることになりました。

私は手さげ袋から点字の一覧表をとりだし、

「これ、あげる。」と言いました。

「えっ、いいの?」

「うん。もう覚えちゃったし、なんかカッコいいって言ってたから。」

「ありがとう。」

「それじゃ、行こっか。」母が私の手を取りました。

「じゃあね。」と私は言いました。

「じゃあね。」とカザマ君も言いました。

そのとき、カザマ君と目が合ったような気がしました。私の目はもうほとんど閉じられていたのですが、ぴんと張りつめた一本の透明な糸が、二人の瞳と瞳を結びつけたように感じたのです。これは運命の糸かもしれない、と思いました。

私は夏休みのあいだに入寮しました。部屋の子たちとはすぐに仲良くなれました。なかの一人が、自分には目の見える妹がいて、手紙を書くときは代筆してくれるから、頼んであげようか、と言ってくれました。私はその妹さんに頼んで、カザマ君に手紙を送ることにしました。

引っ越して、ようやく落ち着きました。寮ではまいあさ、6時半に点呼があります。学校にも、いろいろな決まりがあります。だけど先生や生徒はみんないい人で、点字の図書館もあるので嬉しいです。カザマ君にもらったゾウのぬいぐるみは、いつも枕(まくら)元(もと)に置いてあります。私はカザマ君のことが好きです。

最後の一文は、書くべきか、書かざるべきか、何度も迷いました。けれどもルームメイトたちが「書いちゃいなよ。」「書かなきゃ伝わんないよ。」と言うので、背中をおされ、書くことにしました。

待ち焦がれた返事が届いたのは、二週間後のこと。それは米つぶで書かれた、たった五文字の点字の手紙でした。

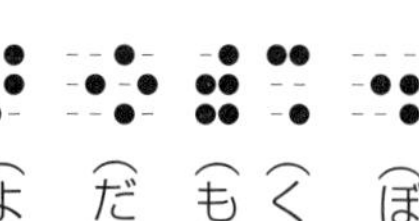

私があげた点字表を参照したのでしょう。お米を一粒ずつ貼(は)りつけていく作業は、大変だったに違いありません。

〝ぼくもだよ〟

私はその米つぶを何度もなぞり、天にも昇る気持ちになりました。しかしやがて、

——カザマ君と会うことは、もうないのかもしれない。

と思い当たると、途方に暮れてしまったのでした。

16

「えい、とう！」

店先でふうちゃんの声がする。

なにをしてるんだろうと思ったが、本間はノートパソコンに入っている資料を見ながら組合の人間と電話していたので、見に行くことはできなかった。

電話が終わると、ふうちゃんが駆け込んできた。

「お父さん、僕も空手やりたい！」

続けて入ってきた希子が「お子さん、センスありますよ」と爽（さわ）やかな笑顔で言った。

「いまちょっと教えただけで、平安（ピンアン）の1を覚えちゃいましたもん」

「ぴんあんてなに？」

　褒められて嬉しそうなふうちゃんがたずねる。

「空手の型のことだよ」と希子が答える。

「2もあるの？」

「ある」

「教えて、教えて！」

「いいよ。こんど教えてあげるね」

「お姉さん、強い？」

「まあね。空手七段だから」

　希子が拳（こぶし）を作ってみせると、ふうちゃんは「おーっ」と目を輝かせ、「ふうちゃんもスイミング六級だけどね」と自慢した。

「すご～い。お姉さん、泳ぎはちょっと苦手なんだ」

「簡単だよ。こうやればいいの」

　ふうちゃんが息つぎの仕方をしてみせる。

「ねえ、ふうちゃん」

　本間が言った。「お父さんたちはお仕事の話があるから、二階でおとなしく寝てて。お熱があるんでしょ」

「えっ、そうだったんですか？」

希子が申し訳なさそうな顔になる。

「といっても七度四分なんで、子どもには平熱みたいなもんなんですが。それでも保育園から『お迎えに来てください』って連絡がきちゃうんですよ。さ、二階へ行ってて」

「はあい」

ふうちゃんが階段をのぼりかけて、「ユーチューブ観(み)ていい？」とたずねる。いいよ、と本間は答えた。

二人きりになると希子が言った。

「お子さん、いらしたんですね」

「ええ。いまは別れた妻のほうで暮らしてるんですが」

「そうでしたか……」

希子はばつが悪そうだった。なんだか申し訳ない。

「ほんとは木曜が面会日なんですけど、熱を出すと、こうやって僕が迎えにいくこともあるんです」

元妻は今日、保育園からの電話に出られなかったらしい。それで本間のほうに掛かってきた。元妻からまだ連絡はない。

「どうですか、動きは」

と希子が漢方コーナーを指してたずねた。

「ぼちぼちですかね。まだ始まったばっかりですから」

本間もそちらを見やって答えた。ほかにも三つのフェアが始まっていた。「作家へのインタビュー本フェア」「紀行本フェア」「育児エッセイフェア」だ。ポップは希子と手分けして書いた。さまざまな色のサインペンを使って書いたので、店がすこし南国チックになってきた。希子はポップが増えるたびに、インスタグラムにアップしてくれた。さすがにS社のインスタだけあって、たくさんの「いいね」が付くことは本間の密(ひそ)かな励みになっている。

「来週の水曜に、漢方の米原(よねはら)ハト先生がうちの会社へ打ち合わせに来ます。そのあとハト先生をこちらへお連れしてもよろしいですか。実際に売ってるところを見てみたい、とおっしゃっているので」

「もちろん、お連れ下さい」

「それじゃまたご連絡しますね。頑張っていきましょう！　ふうちゃんもお大事に」

希子がとびきりの笑顔を残して去っていった。なんて素晴らしい子だろうと思う。快活で爽(さわ)やかで知的で。今となっては右頰(みぎほお)の傷もエクボの一つくらいにしか感じられない。あんな子がふうちゃんのお姉さんだったらな、と想像する。あるいは年の離れた従姉(いとこ)とか、母親……。

十六時過ぎ、元妻から連絡があった。

〈いまから車で迎えに行くから、用意させといて〉

二十分後、店前の狭い道にタクシーが停まった。彼女はクルマの中から、ふうちゃんを手招きした。

「ばいばい、お父さん」

ふうちゃんはすこしだけ寂しそうに手を振り、タクシーに乗り込んだ。元妻とはちらりと目が合っただけだった。言葉もないのか、と遣る瀬ない気持ちになった。

感謝して欲しいとは思わない。でも、感謝の言葉くらいは欲しかった。勝手にプレゼントするなとか、約束するなとか言っておいて。

夜、元妻からＬＩＮＥがきた。

〈今度からこういう時は、勝手にお迎えに行かないで。こっちでどうにかするから。保育園にもそう言っておいた〉

これはさすがに違うと思った。つまり、ふうちゃんファーストじゃない。本間は返信した。

〈でも体調が悪いときは、早くお迎えに行ってあげないと可哀想じゃん。おれは店閉めて行くの全然平気だし〉

返事はすぐにきた。

17

〈わが家の方針に口出ししないで〉

希子から、「うちの文芸編集者を紹介させて下さい」とメールがあった。コンピュータの合成音声がそれを読み上げたとき、よう子は「なんで?」と首をかしげた。

「わたしの同期で、近藤誠也（こんどうせいや）という男です。わたしは『コンドー』あるいは『あんた』と呼んでいます。同期とはいえコンドーは二浪二留したうえに、修士も二年まで行ったので、六つ年上の三十三歳です。最近めっきり腹が出てきました（わはは、ざまぁみろ）。

コンドーは京大哲学科出身で、学生時代は名門のミステリ研究会に所属。将棋も全国大会に出るほど強いそうです。おそらく弊社に毎年一つだけある『へんてこ枠』での採用だろうともっぱらの噂です。変わり者のインテリ関西人ですが、今や文芸編集部のホープ。よく英語圏のミステリを原書で読んでます。

そのコンドーが、先日アップしたよう子さんの小学生時代の文章を読んで、いたく感動しておりまして。『この人は小説が書ける人や！　紹介せぇ』とうるさいんです。今度の木曜、連れて行ってもいいですか？　暑苦しい奴ですが、悪い奴じゃありません。もしお会いできるなら、神楽坂の『ジェラテリア・テオブロマ』はいかがでしょうとコンドーが申しております。こいつスイーツ大好きなんです。あそこ、たしかに美味しいですよね。十四時ごろいかがでしょう。ランチ会は一度スキップすることになってしまいますが、ご一考くだされば幸いです」

よう子はすぐに了解の返事を打った。自分にちゃんとした小説が書けるとは思えなかったが、人の輪が広がっていくことは嬉しい。

約束の日がくると、お店までの道のりがちょっと怪しかったので、希子がマンションまで迎えにきてくれた。

「ありがとね、希子ちゃん」

「こちらこそ、お時間頂いちゃって。コンドーは先に行って席を取っておりますので、ゆるりと向かいましょう」

二人と一匹で歩き出す。希子と一緒でアンも嬉しそうだ。

「お忙しくありませんでしたか」と希子がたずねた。

「ぜんぜん。だけど緊張するな。おたくの会社のホープなんでしょ。きっと、とても優秀な人なんでしょうね」

「わははは。優秀は優秀ですけど、ご安心ください。みんなから『近藤誠也、いい加減にせいや』って言われてるような奴ですから」

表通りから細い道に入り、店に着く。

「あ、竹宮さん」

席を立ち上がる音がした。「どうもご足労いただきまして。近藤と申します」

近藤が差し出した名刺の裏にはぷつぷつがあり、よう子は「あれっ」と声をあげた。

「ぐふふふ、気づかれましたか。竹宮さんとお会いできると聞いて、裏に点字も書かれた名刺を用意してきたんです。隣の東五軒町(ひがしごけんちょう)にある印刷屋さんがそんなサービスをしておりまして」

「えー、なにそれ。わたしにも一枚ちょうだい」と希子が手を差し出す。

「ほれ」

「ほんとだ、点字だ。なんて書いてあるの？」

よう子がぷっと吹き出す。

「なになに⁉　早く教えてくださいよ」

よう子は読み上げた。

「こんどう、せいや。イケメンをお見せできないのが残念です」

「てめー、ぬけぬけと嘘つきやがって。よう子さん、こいつ全然イケメンじゃありませんからね」

「ちっ、ちっ」

と近藤が指を振る。「甘いな、希子殿は。哲学者のハルトマンも言うておったで。『美醜の判断は、究極的には主観的なもんや』ってな」

「ハルトマンは関西弁じゃねーだろ」

「ま、立ち話もなんですから座りましょか。竹宮さんはなんになさいます？　僕は昨晩から季節のパフェセットと決めておったんですが、ここにきてから気持ちが揺らぎ始めております。一口で言うと、ジェラートセットも捨てがたいんです。もし神が最後の晩餐にどちらか選べと言うたら、まずは実存的見地から――」

「あんたはちょっと黙ってて。よう子さん、メニューにはほかにチョコパフェやケーキセット、ショコラセットもあります。チョコパフェには生クリームやメレンゲクッキーが山ほど盛られていて、ケーキは普通サイズ。ショコラはどれも一口サイズです」

「うーん、どうしようかな……」

容器や盛りつけを想像する。初対面の人がいるときは、なるべく食べやすいものを頼むようにしていた。粗相したり、食べにくそうだったりすると、相手にも気を使わせてしまうからだ。

「じゃあ、ショコラセットにしようかな」とよう子は言った。

「かしこまりました。飲み物は？」

「ダージリンてある？」

「あります」

「じゃあ、それでお願い」

「わたしはジェラートダブルとエスプレッソにしますね。あんたの哲学的煩悶は終わった？」

「やっぱり初心にかえって季節のパフェセットにするわ。哲学者のベルクソンも『直感の八割は正しい』って言うておるしな」

「近藤さんて、いろいろお詳しいんですね」

　よう子が感心したように言うと、近藤が「そんなこと――」と言いかけたのを希子が制し、

「そんなことありませんよ。こいつの言ってることは、ほとんどテキトーですから。話一割に受け取っておいてください」

「九割引きかい！　閉店セール最終日のラスト一時間ちゃうねんぞ」

「大体そんなもんでしょ」

「これはご挨拶やな。ま、ご挨拶はこれくらいにして、と。読みましたよ。エンパスの書評と、カザマ君との思い出。僕、泣きました」

「えっ？」

あまりに意外だったので、よう子は警戒心が先に立ってしまった。男の人が泣くような原稿だろうか。

「じつは僕、子どものころから少女漫画が大好きでして。べつに竹宮さんの書かれたものが少女漫画チックやって意味ではありません。でも、それに通じる感性はありましたね。盲目のヒロイン、恵まれない母子関係（西洋やったら継子関係という設定にするはずです）、白馬の王子さま、一通のラブレター（それも米つぶで書かれたたった五文字の！）。これ、完璧な配置です。それをあれだけの短さの中に、巧みに取り込んでおられる。感服しました」

「ありがとうございます」

今度は素直に礼を言えた。分析のあとだったからだ。小説の編集者とは、こんなふうに文章にアプローチするものなのかという新鮮な驚きが芽ばえる。

「しかし、他人の嘘を見抜けるって凄いですね」と近藤が言った。

「はい」とよう子は応えた。「これは何かで読んだのですが、人間の目は恐ろしいほど複雑な組織で、五感をかたちづくる細胞の八割を使ってしまうらしいです。けれども視覚障碍者はその八割をほかのことに使える。だから聴覚や、いわゆる第六感が研ぎ澄まされるのだと思います。そして人は嘘をつくとき、声の調子が変わったり、普段とちがう分泌物が出たり、邪悪な脳波が飛んだりします」

「つまり、それらを感知するセンサーが竹宮さんは優れていると？」

「おそらく」

「なるほど。納得のいく説明です」と近藤は言った。「それはさておき、あの二つの原稿を仕立て直して頂けませんか。二つを合体させて、一本の短編小説にして欲しいんです。掲載先は、うちの小説誌のウェブ版です」

二つをまとめて一本の小説に？　ちょっと急展開すぎて頭が追いつかないでいると、希子が助け舟を出してくれた。

「文章の手直し自体は、あまり必要ないんだよね？」

「うん」と近藤がうなずく。

「ただよう子さんの場合はコピー&ペースト一つするのも大変だから、よかったらこちらで二つを接合させてもらえませんか。それをもとに著者校正して頂いたほうが、スムーズだと思うんです。基本的に、時系列に沿った構成にしたいんでしょ？」

「そや」

「だから文章は概(おおむ)ねそのままで、いまある二つの作品のエピソードを並べ替えたりして、一つの短編小説に仕立て直す。その作業をこちらにお任せ頂けますか」

「承知しました。そのあと、わたしが手を加えればいいんですね？」

「そうです」と近藤が言った。「すこし描写を加えたら、三十枚くらいの作品になるかな。

そのあと幾つかご執筆いただいて、短編集にまとめるとこまで視野に入れております」

「短編集……」

よう子にとっては、地球の裏側の雲をつかむような話だった。

「もちろん、すぐにという訳ではありません。中期的な目標です。せやけど竹宮さんは才能あるし、おそらくネタもたくさんお持ちやと思うんです。なにか強く印象に残ってる人物とか、エピソードはありませんか」

「印象的な人物や、エピソード……」

「これも今やなくてええんです。時間をかけて思い出してみて下さい」

「かしこまりました」

そこで仕事の話はいったん終わり、三人はスイーツを愉しんだ。

近藤が自分の学生時代の思い出話に花を咲かせた。酔っ払って京都木屋町の水深三十センチの川に飛び込んで全治三週間の怪我を負ったこと。将棋の駒が一つずつなくなり、十円玉や安全ピンで代用していたら、そのうち盤上が異物だらけになって何のボードゲームだか分からなくなったこと。よう子は声をあげて笑いながらも、頭の片隅では先ほど出されたお題について考えていた。印象的な人物、エピソード……。

「お代わりどうぞ」

希子がダージリンをカップに注いでくれた。

「ありがとう」

よう子はショコラをひとつ摘み、ダージリンでのどを潤した。そしてカップをソーサーに戻すと、二人に向かって言った。

「じつはあの話には、続きがあるんです」

「えっ？」二人が同時に声をあげる。

「わたし、高二の夏にカザマ君と再会してるんです」

近藤がスプーンを置く音がした。

そして声を低めて言った。

「やっぱりお持ちでしたか。詳しく聞かせてもらいましょうか」

18

本日〈漢方のじかん。〉の米原ハト先生ご来店！
16時から先着5名さま　無料診断いたします。

本間は希子からメールで送られてきたチラシをプリントアウトし、店の外に貼った。

十六時ちょっと前、希子とハト先生がやってきた。

「いらっしゃいませ。本間と申します。狭い店ですみません」

「どうも、米原です。あら、あちらに置いてくださってるのね」

ハト先生は挨拶もそこそこに、漢方コーナーへすたすたと向かった。とても七十六歳には見えない足取りだ。事前にプロフィールを確認したところでは、若い頃はバレエの先生だったという。背筋がぴんと伸びているのはそのせいかもしれない。

「こうして本とセットで置いてもらえるといいわね」

口調もさっぱりしている。

「本と食品を両方買っていかれる方も多いですよ」と本間は教えた。

「あらそう。わたしは長野の松本(まつもと)でも漢方のお店を出してるんだけど、あちらでもこんなふうに本を置きたいから、何冊か送ってくださらない?」

「一セットでよろしいですか?」

「うん。とりあえず」

「至急、見繕ってお送りします」

「よろしく。さて、本間さんでしたね」

ハト先生はあらたまって言い、じーっと本間の顔を見つめた。全体を見ながら細部を見ているような、その逆のような、そんな見方だ。

「舌を出して」

べーっと出す。

「寝不足ね」

「わかります?」ちょっと驚いた。

「舌は内臓を映す鏡だから。次、爪を見せてちょうだい」

両手を差し出す。

「縦じわが出てるわね、あはは」

あはは? ハト先生はそのまま本間の手を取り脈をはかった。しばらくして「わかりました」と手を離した。

「気滞を起こしてます。気の巡りが悪いの。今風にいうと、自律神経がうまく働いてないってやつ。心因性のものでしょう。ストレスとかね」

それはそうだろう。つい先日、元妻から「フィアンセのアメリカ転勤が正式に決まった」と連絡があったのだ。四ヶ月後だという。

「ストレスには二種類あって、心火と肝火っていうの。前者は、願ってることが叶わないストレス。後者は、人間関係などによるストレス。もちろん誰もが両方を抱えてます。あなたの場合はこれに食生活の乱れが加わって、悪化させちゃってる。冷凍食品とか出来合いのものばかり食べてるんじゃない？」

「おっしゃる通りです」

「もっとお米を食べて。毎晩、炊飯ジャーでお粥を作っておいて、翌朝に食べるの。お米は生薬、お粥は薬膳よ。糖質ダイエットでお米を目の敵にするなんて亡国論です」

「お粥だけでいいんですか？」希子が代わりにたずねてくれる。

「あとは山菜食べときゃオッケー。春は苦味って言うでしょ。たらの芽、わらび、山うど、ふきのとう。そこらへんで売ってます。お粥には黒ごまや木クラゲをまぶすといいわ。どちらも万能食だから。あとはお店に置いてあるハーブティを飲んで頂戴。それでだいぶ整います」

「承知しました」

本間はおとなしく頷いたが、

「といっても、なかなかやる気にならないわよね」

ハト先生が見透かしたように言う。

「でも、やったほうがいいわよ。わかりやすく言うと、あなたの心は骨折してるの。ボキッとね。想像してみて。自分の心がボキッと折れる姿を」

まずは心を思い浮かべてみた。こういう時はなぜか心臓だ。それがボキッと折れる。痛い。なんだか想像できた気がして、「できました」と顔を歪めて報告する。

「病は気から。治さないと毎日が辛（つら）いよ」

「はい」とは答えたものの、売り上げ減少が止まらないお店のこと。アメリカへ行ってしまうふうちゃんのこと。へたしたら一生続く一人ぼっちのことが頭に浮かび、さてどうすればいいのだろうと壁にぶつかったような気持ちになる。

ハト先生が腕まくりをして「さ、お客さん入れちゃおうか」と言った。

一人目の客は、ときどき漢方レトルトを買いに来てくれる近所の主婦っぽい人だった。狭い通路にパイプ椅子（いす）を出して診断が始まると、「あなた、月経不順ね」「すご～い、なんでわかるんですか」と早速盛り上がった。本間は婦人科の話に聞き耳を立てる訳にもいかず、聞こえないことにしてノートパソコンを開いた。

しばらくして先着五名の整理券は配り終えた。すべて女性だった。ハト先生は彼女たちにテキパキと診断を伝え、彼女たちの質問にも立ちどころに答えた。希子はその様子を時おり写真に撮ってインスタにアップした。

すべての診断を終えた頃には、外はすっかり暗くなっていた。ハト先生に疲れは全く見えなかった。中身も若いのだろう。

「お疲れ様でした。さあ、ご飯に行きましょう」

希子に言われ、三人で神楽坂に繰り出した。

街がちょうど夜の顔に粧（よそお）いをあらためる時刻だった。一日の勤めを終えた人びとが、うきうきした様子でお目当ての店に足を急がせる。うまい料理や、もてなし、一夕の語らいへの期待が、泡つぶのように神楽坂全体をふるいたたせていた。

「こちらです」

案内されたのは「松の実」という韓国薬膳料理の店だった。いかにも神楽坂らしい石畳の裏路地にある一軒家レストランだ。一日三組しか客を取らないという。靴をぬいで上がり、畳の上のテーブル席に通された。友人宅に招待されたような心地だ。

料理はコースのみで、まずは白ごまのお粥が一口ぶん出てきた。やわらかなポタージュのような食感なのは、お腹を守るためだそうだ。

次に九節板(クジョルパン)という料理が出てきた。きれいに盛られた九種類の具材を自分で皮に包んで食べるもので、もとは宮廷料理だという。

「この具材、陰陽五行説に基づいてるわね」とハト先生が言った。言われてみれば木火土金水、目にも鮮やかな彩りだ。

そのあとも、本間の知る韓国料理とはまったく違う上品な味つけの料理が次々と出てきた。本間は二人に倣(なら)って酒は飲まなかった。

「ひとつ、伺ってもいいですか」

本間はハト先生にたずねた。「先ほど僕の爪を見て『縦じわが出てるわね』って笑ってましたけど、あれどういう意味ですか?」

「あら、ごめんなさい」

　ハト先生は口元の笑みを手で隠した。

「爪の縦じわは加齢を表すの。横じわがストレス。あなたの場合は加齢とストレスがいろんなところに出てるから、こりゃ大変だわねと思って。なにがそんなに大変なの？」

　ハト先生が気軽な調子でたずねてきたので、本間もつい口を滑らせてしまった。

「じつは近い将来、五歳の息子と会えなくなりそうなんです。元妻の再婚が決まって、アメリカへ行くことになり……」

　言ってしまってから、しまったと思った。初対面の人との会食であげていい話題ではないだろう。

「そうですか。ふうちゃん、アメリカに行っちゃうんですか」

　希子が悲しそうな顔になる。

「あら、あなたも知ってるの？」

「ええ、一度会っただけですがほんとに可愛くて、愛嬌がある子なんです」

「かわいい盛りだもんね。でも、二人の子どもを育て上げた経験から言わせてもらうとね」

　ハト先生はナプキンで口を拭ってから続けた。

「子どもを生き甲斐にしちゃだめよ。たいていの親が勘違いしてるんだけど、子どもは親のために生きてるんじゃない。自分のために生きてるの。親が心身ともに健やかじゃないと、子どもの足を引っ張るだけだよ。だからあなたにできることは、毎日正しいところに心身を置いて、きちんとお店をやること。それが巡りめぐって、子どものためになる。逆にいえば、それくらいしか子どものためにできることはないの。親はなくとも子は育つ。これ、本当よ」

ハト先生の言っていることは、おそらく正しいのだろうと本間は思った。自分にしたところで、ふうちゃんの成長だけを生き甲斐にする人生なんて真っ平ご免だ。もちろん足も引っ張りたくない。けれども、週一回くらい会わせてくれたっていいじゃないかという思いを雲散させるのは難しかった。手の届かない所へ行ってしまうなんてあんまりだ――。

〆に参鶏湯(サムゲタン)が出てきた。お店の名前にもなっている松の実をはじめ、ナツメ、高麗人参(こうらいにんじん)、もち米、鶏肉(とりにく)などが入っている。臓腑(ぞうふ)に染み入るような旨(うま)さだった。

「ごちそうさまでした」

最後にゆっくりお茶を飲んで外に出た。

薬膳でぽかぽかに温まった体に、神楽坂の夜風は心地よかった。打ち水で濡(ぬ)れた石畳のうえをハト先生と並んで歩いた。まるで迷路のような小路だった。

鉤(かぎ)の手のような曲がり角から、だしぬけに二人の老紳士がぬっと姿を現した。

「おっと」

本間たちが塀に寄って譲ると、先方も半身になって譲りあった。

「あっ、センセイ！」後ろから希子が声を上げた。

「こりゃどうも」と年嵩のほうの紳士がこたえた。どうやら希子にとって、顔見知りの作家と編集者の二人連れであるらしかった。

ちょっとした立ち話が始まったので、本間とハト先生は先にゆっくりと表通りをめざした。黒塀が見えてくると、お座敷へ急ぐ芸者さんが今にも小走りに出てきそうな情緒が漂った。そこを曲がったところでハト先生が言った。

「あなた、最後に健康診断を受けたのはいつ？」

「いつだったかな。会社にいた頃だから、六、七年前ですかね」

「そう……」

めずらしくハト先生の歯切れが悪い。

「それがどうかしましたか？」

本間がたずねるとハト先生は、「ひょっとしたら悪い病気かもしれないから、早く病院で診てもらったほうがいいかも」と伏し目がちに言った。

19

あれは高二の夏休み。

私は市立図書館で本を読んでいました。肩にカーディガンを引っ掛けていても凍えてしまいそうなほど冷房が効いていて、私は小さく丸まって、着物の写真を夢中で眺めていました。

「あの、ひょっとして竹宮よう子さんじゃありませんか?」

頭上から、男の人の控え目な声が降り注いできました。

「えっ、あ、はい。」

私はあわてて見上げました。

「やっぱり竹宮か。おれ、覚えてる? ほら、小学校で一緒だったカザマ。」

「えーっ、嘘でしょ!? カザマ君?」

がたんと立ち上がり、まじまじと彼を見つめました。

「ほんとだ、カザマ君だ。声が変わったから分からなかったよ。おっきくなったねぇ。」

「なにそれ。久しぶりに会った親戚のおばちゃんみたい。」

カザマ君は静かに笑いました。彼は目もと涼やかな青年に育っていましたが、笑い方には少年時代の名残りがあり、それが私を安心させました。

「目、見えてるの？」カザマ君が遠慮がちにたずねてきました。

「うん、少しだけね。中二の終わりくらいから光が射してくるようになって、ぼんやり文字が読めるようになったの。」

「すごいな。そんなことってあるんだ。」

「お医者さんもびっくりしてた。『こんなの初めてだ』って。」

「ところでその制服、浜高だよね。」

「そう、今は普通の高校に通えてる。カザマ君は？」

「鶴高。ここにはよく来るの？」

「うん。またいつ見えなくなるか分からないから、今のうちに本を読んでおこうと思って。」

「本、好きなんだ？」

その声には、同じ趣味を持つ人を見つけた喜びみたいなものが含まれていました。私は「うん、好き。」と答えました。

「なに読んでたの？」

これ、と読みさしの白洲正子『日本のたくみ』を見せると、カザマ君は「知らないな。」と小首を傾げました。

「著者が、木工とか染織の職人さんを訪ね歩いて、ルポルタージュしたもの。写真も載ってるの。いま、染め物の志村ふくみさんの着物を眺めてたところ。ほんとに綺麗で心奪われちゃった。」

「どれ？」

「これ。」

カザマ君はカラー印刷された写真を覗きこみ、「うわ、ほんとに綺麗だな。」と言いました。

「これは草木染めといって、植物を煮だした染料で糸を染めてるんだって。」

「えっ、植物からこんなに綺麗な色が採れるの？」

カザマ君は再び写真に見入ったあと、顔を上げて、「ところで竹宮は、昼メシ食った？」と言いました。私は突然の話題転換にくすっと笑いながら、「まだ。」と答えました。

「一緒に食べない？」

「うん、食べよう。私、お弁当持ってきてるんだ。」

「じゃ、ちょっと待ってて。パン買って来るから。」

売店へ遠ざかる足音を聞きながら、私は頬がゆるみました。この町へ戻ってくるとき、ふとカザマ君のことを思い出したことはありましたが、こんなかたちで再会できるとは思ってもみませんでした。

　私たちは中庭へ行き、奥から二つめのベンチに腰をおろしました。足下から綺麗に芝生が伸びていて、それが尽きたあたりにある雑木林からセミの声が鳴り響いてきます。正面には時計が見えました。夏の陽光をさえぎるものは何もなく、じりじりと腕を灼かれましたが、冷え切った肌にはかえって気持ちいいくらいでした。

「どっちがいい？」

　カザマ君が二本のペットボトルを差し出して選ばせてくれました。私の分も買ってきてくれたのです。私が午後の紅茶を選ぶと、カザマ君はキャップを開け、それをまた軽く締めてから「はい。」と手渡してくれました。

「ありがと。」

　私はカザマ君がやさしい男子に育ってくれたことを嬉しく思いました。ランチを食べ始めてすぐ、

「竹宮はこのあと、どうするつもりなの？」と訊かれました。

「委員会があるから、学校に行くよ。」

「だから制服だったのか。でも俺が聞きたかったのは、そっちじゃなくて進路のこと。」

「あ、そっちか。」

私は箸（はし）を止めて考えました。たしかに高二の夏といえば、意識の高い子は受験に向けてスタートを切っている時期で、のんびりした子もそれを見て焦り始めていました。

「うーん、目次第かな。もっと良くなったらいろいろ道は拓（ひら）けるかもしれないけど、悪くなったらまた盲学校に戻るかもしれないし。」

「そんなこと、ありえるの？」

「全然ありえる。」

「そっか。転校ばっかりだな、竹宮は。」

カザマ君の何気なく放った一言が、私の心に突き刺さりました。掴（つか）みどころのなかった私という人間の正体を、言い当てた気がしたのです。

「たしかに言われてみると、ずっと転校生みたいな気持ちで生きてきた気がするな。『いつか目が見えなくなる』って聞いた幼いときから。」

「なんか……、ごめん。」

「なんで謝るの？　ぜんぜん悪くないよ。むしろ私、カザマ君にずっと感謝してたし。」

「えっ、なんで？」

「だって、普通の小学校でいい思い出ができたもん。」

「あー、そっか……。」

「その節はどうもありがとうございました。」

私がぺこんと頭を下げると、

「どういたしまして。」

とカザマ君も頭を下げました。

私はこの流れで、理科室の突き当たりの廊下でのことや、米つぶのラブレターについて憶えているか、訊ねてみようかと思いましたが、やめておきました。もし「そんなことあったっけ？」みたいな返事をされたら、せっかくの思い出に傷がつくからです。あの思い出はカザマ君とのものですが、所有者は私なのです。

「ところでカザマ君は、どんな本が好きなの？」

「いまは、ミンゾクガクかな。」

「ミンゾクガク……。」

私は民俗学と民族学の区別がついていなくて、てっきりカザマ君はアフリカのマサイ族とか、アマゾンの原住民に興味をもっているのだと思い込みました。だから彼の口をついて出た柳田とか折口とか南方という名前にもピンときませんでした。なんだか呪文みたいで。兎も角もカザマ君は、読書する青年になっていました。

「竹宮は、なんであの本を読むようになったの？」

「もともと江國香織や吉本ばななが好きで、彼女たちを読み尽くしたあと、古いほうへ遡っていきたくなったの。それで田辺聖子とか有吉佐和子とか宮尾登美子を読んで、いまちょうど白洲正子に行きついたところ。」

「そうだよな。読書って、だんだん遡りたくなるよな。」

カザマ君はうんうんと頷きながら言い、そこから私たちはこれまで読んで面白かった本について書名を挙げ始めました。カザマ君の読書量は圧倒的で、私の知らない本を次から次へと挙げては説明を加えてくれました。と思えば、「女性作家ってあんまり読んだことないんだけど、ほかにオススメの人っている？」と私から話をひきだしてくれました。

白い雲、青い芝生、鳴きやまないセミの声。

よろこびを孕んだ夏そのものに抱かれながら、私たちはお喋りをつづけました。陽はなかなか暮れず、閉店時刻が来てもそれを告げないマスターのように、私たちを優しく見守ってくれました。私は夏の長い一日に感謝しました。

夏休みのあいだ、私はほぼ毎日図書館に通いました。カザマ君も予備校の夏季講習がない日はよく姿を現しました。

そういう時は二人で並んで本を読み、昼食も一緒に食べました。二人ともまだ携帯電話を持っていなかったので、別れ際には次の予定をそれとなく伝え合いました。

打ち解けてくると、カザマ君は中庭のベンチでこんなことを言いました。

自分には親友と呼べる人間はいないし、欲しいとも思わない。いまは本を読むべき人生の時期で、たまにクラスメイトたちとマックに行くと、その場をつまらなそうに俯瞰しているもう一人の自分がいて、さっさと家に帰って本が読みたくなる。この町はつまらない。大学に受かって早く東京に出て行きたい。古い音楽や詩に、ときどき無性に胸を打たれることがある……。

穏やかで大人びたカザマ君が、こんなことを思っていると知り驚きましたが、私は内面を打ち明けてくれたことを嬉しく思いました。

ある日の午後のことでした。二人で本を読んでいたら、夕立があり、私は憂鬱になりました。

――ああ、また靴がずぶ濡れになるな。

すこし目が見えるといっても、水たまりまでは視力が届かないのです。すると隣に座っていたカザマ君が私の心を見透かしたように「送ってってやるよ。」と言いました。

私たちは雨がやむのを待って、図書館を出ました。

土手づたいに川原を歩いていると、ぬれた夏草の匂いが立ちこめ、スズメたちの雨あがりの歌が聴こえてきました。夕立で涼しくなった風が頬を撫でていきます。

私はカザマ君のひじを掴み、エスコートしてもらいました。半歩先をゆく彼が、ひょいと水たまりをよけてくれるたび、温かなスープのようなものが胸に満ちてきます。

――ひょっとしたら、今が私の人生のクライマックスかもしれない。

そんなふうに思うほど、仕合わせでした。フランス料理風にいうなら〝雨あがりの土手道、カザマ君のひじに手を添えて〟といったところ。

その一方で「もし盲導犬がいたら、こんな感じかな。」なんて失礼なことを思ったりしたのですから、支離滅裂になるほどに私の頭の中は祝祭で溢れ返っていたのです。

「水たまりで靴がだめにならないのが、嬉しい。」

正直に感謝の気持ちを伝えると、カザマ君はちょっと意外そうに「いろんな敵がいるんだな、目が不自由だと。」と言いました。

「いるよ、いっぱい。」

と私は答えました。「猛スピードで横切る自転車は怖いし、放置自転車も怖い。駅のホームを歩くときはいつも命懸けだし、スーパーでお釣りを誤魔化されたこともある。すれ違いざまに胸を触られたこともあるよ。」

「まじか。」

「まじです。でもほら、コダマ君ていたでしょ。おぼえてる?」

「コダマ……。」カザマ君はちょっと考えてから、「ああ、あいつな。」とすこし忌々(いまいま)しげに言いました。

「あの人の嘘がいちばん怖かった。」

「あれはひどかった。」

「嘘つく人、怖い。」

「うん。」

「嘘つく人、怖い。」

カザマ君は立ち止まり、「なんで繰り返したの？」と笑って訊くと、私の答えを待たずに「俺はつかないよ。」と言いました。

「ほんとう？」私は聞き返しました。

カザマ君は「うん。」と頷くと、私の胸に一語ずつ刻み込むように「俺は、嘘は、つかない。」と言いました。

わかっていました。この人が嘘をつけないことくらい。とっくの昔に。私は目の前にいる青年を、なぜか自分の胸で温めてやりたい衝動に駆られました。うむを言わさず抱きしめたら、どんな顔をするだろう。キスでもしてくれないかしら。

ふたたび歩き出して十分後、

「うちのアパート、そこ。」

と私は哀しみとともに告げました。

「この、ときわハイツってやつ？」

「うん。」

「何号室？」

「103。」

チャイムを押すと、中から母が出てきました。

「あれ、ひょっとしてカザマ君?」

図書館で再会したことは話してあったので、母はすぐにわかったようでした。

「こんにちは。」

「おっきくなったねぇ。上がっていきなよ。」

「いや、大丈夫です。」

「遠慮しないで、お茶でも飲んでってよ。固いこと言わないでさ。」

母から演技をしている時の匂いが漂ってきました。本当は狭くて散らかった中を見られたくないのです。

「いや、本当にこのあと用事があるので。」

「そうなの? じゃあ、こんどゆっくり来てよね。ずっとわが家のヒーローだったんだからさ、君は。」

また、母が嘘をつきました。

十七回目の誕生日がきました。

「ワンピースが欲しいから、買い物に付き合ってくれない?」

カザマ君を誘うと、あっさりオーケーが出ました。私は数日前からセリフの推敲（すいこう）はもちろん、声のトーンまで練習を重ねたので、ちょっと拍子ぬけの気分です。

次の休日、二人で電車に乗りターミナル駅にあるマルイをめざしました。地元の高校生たちがたいていい服を買う場所です。

いくつか店を見ましたが、欲しい物は見つかりませんでした。そこで私は、もうひとつ練習を重ねてきたセリフを吐きました。

「もう、どれにすればいいか分からなくなっちゃったから、カザマ君が選んでくれない？私に似合うと思ったやつを選んでくれたらいいから。」

「おれ、女子の服のこととかわからないから。」

はじめカザマ君は、ちょっと意外なくらい、けんもほろろでした。

「そこを、なんとか。」

「いや、ほんとにわからないし。」

「絶対それ買うし、あとで文句も言わないから。」

「無理だって。」

カザマ君は強情でした。けれども私も引き下がる訳にはいかず、今度は拝み倒す作戦に出ました。

「ほんっとお願い！」

手を合わせてみたものの、敵もさるもので、

「やっぱりこういうのは、自分が納得するものをじっくり選んだほうがいいと思うよ。」

と譲る気配はありません。

「えーっ、頼むよう。」

「だめだって。」

じゃれ合うような、そのじつ真剣勝負のような、そんな押し問答が続きました。

やがてカザマ君は、今にも泣きべそをかきそうになった私を憐んだのでしょうか、「わかったよ。」と言ってくれました。「そこまで言うなら、選ばせてもらおうじゃないの。」

「ありがとう!」

私は、知りたかったのです。カザマ君は私の容姿を気に入ってくれているのか。どんな格好をして欲しいと思っているのか。選んでくれた服によって、そうしたことがわかるような気がしていました。

バトンタッチして二軒目。

カザマ君は「おっ。」とつぶやくと、私の手を曳き、ずんずん店の奥へ進みました。

「これ、どうかな。」と取り出したのは、装飾の少ない白のワンピース。おそらくコットンの。

「似合うかな。」私は訊ねました。

「たぶん。」

「着てみていい？」

女性店員に声を掛け、彼女の助けを借りて試着室で着替えました。

「わぁ、お似合いですよぉ。」

彼女の声に励まされつつカーテンをあけると、「おーっ。」とカザマ君が声をあげました。

なんの〝おーっ〟かな？

「どう、似合ってる？」

私は全神経を集中して、嘘発見器になりました。

「うん、似合ってる……。」

蚊の鳴くような声でしたが、うん、よし。嘘はなさそう。

「じゃ、これにする。おいくらですか？」

店員さんが告げた額は思っていたより高くて、完全に予算オーバーでした。どうしよう、と思うよりも先に、「足りない分は俺が出すよ。」とカザマ君が言いました。「俺もちょっと持ってきたから。」

「だめだよ。」

「いいって。」

「でも悪いし……。」

口ではそう言いつつも、私はこのワンピースが欲しくてたまりませんでした。カザマ君が私に似合うと選んでくれた、世界でたった一つのワンピース。

「バーゲンでかなりお安くなっていますし、最後の一着ですよ。」

結局、店員さんの一言がだめ押しとなり、私は足りない分をカザマ君に出してもらうことに同意しました。

包んでもらうとき、「いい彼氏さんですね。」と朗らかに言われ、私たちは曖昧に微笑みました。彼氏。その一歩手前——いや半歩手前まできていると私は思っていたのですが、カザマ君はどうだったのでしょう?

それからレストラン街へ行ってパスタを食べ、記念にプリクラを撮ったあと、本屋さんに立ち寄りました。二人で並んで本を見ていたら、

「竹宮は『ノルウェイの森』って読んだことある?」と訊かれました。

「あるよ。」と私は答えました。盲学校時代に、セッちゃんという女子大生が教育実習で来たとき、みんなでせがんで朗読してもらったことがあったのです。

「どうだった?」とカザマ君がたずねてきました。

面白かったのですが、まっさきに思い出したのはセッちゃんの困りはてた様子。

〝あんなこと〟や〝こんなこと〟が出てくるたび、私たちはキャーキャー言いながら、セッちゃんに細かく解説を求めたから。

「面白かったよ。」私は思い出し笑いをしながら答えました。

「そう。じゃあ俺も、来週くらいに読んでみるかな。」

電車で帰ると、カザマ君は「もう暗いから。」とアパートまで送ってくれました。はじめから終わりまで、ずっとカザマ君の右ひじを摑んでいた一日となりました。


夏休みが終わると、カザマ君と会う機会はがくんと減りました。

私は十二月の彼の誕生日へ向けて、マフラーを編むことにしました。編み物は得意だったので、「草木染めの着物のように」とまではいきませんが、心を込めた一点もののマフラーを編み上げるつもりでした。

まずは、色選びです。

私はカザマ君と撮ったプリクラを、高校の親友である友美に見せて、

「どんな色が似合うと思う?」

と意見を求めました。これは「目を借りる」といって、盲学校の子に好きな人ができたとき、よく使う手です。もちろん目を貸してもらうのは、信頼できる晴眼者の友だちでなくてはいけません。

その点、友美は間違いがありませんでした。明るくて、やさしくて、なにより嘘がない。私はカザマ君の髪や肌や瞳の細かな色まで見分けることはできなかったので、友美の助け

が必要でした。

「うーん……。」

友美はしばらくプリクラと睨めっこしたあと、

「わかった！　寒色系じゃない？　明るめの紺色なんか似合うと思うよ。」

それから二人で駅前のユザワヤへ毛糸を買いに行きました。友美が選んでくれたのは、まさしく明るめの紺色。私はそれを明るい電灯の下まで持っていき、じっくり眺めました。夏の深い海のような、おそい夕暮れの空のような、いい色です。

私はマフラーを編み始めました。母には「無難でつまんない色だな。」と言われましたが、気にしませんでした。ひと編みずつ、まちがえないように編み進めていると、時間が経つのを忘れました。

マフラーは誕生日に間に合いました。

友美にお願いして、カザマ君の家に電話してもらいました。

「ほら、カザマ君でたよ。」

私は友美から受話器を受けとり、

「渡したいものがあるから、図書館の入口まで来てくれないかな。」

とお願いすると、カザマ君は「わかった。」と言って電話を切りました。私は一人で図書館に向かい、無事、マフラーを手渡すことができました。

翌日、友美にマックシェイクをおごって昨日のことを報告すると、

「ふーん、渡せてよかったね。」

と素っ気ない返事。彼女の頭の中は自分のことで一杯のようで、「それよりも聞いてよ。私も冬休みから予備校に通うことになっちゃった。とうとう受験生だよ～」と嘆きました。そこはカザマ君と同じ予備校で、四年制大学をめざす地元の高校生のほとんどが通うところです。

私の進路はといえば、宙ぶらりんのままでした。目は盲学校に戻るほど悪くはないけど、晴眼者と同じ土俵に立てるほどよくもないといった感じです。

将来は普通の仕事に就きたいと思っていました。できれば教育や書籍に携わる仕事です。そのためには普通の大学へ行って、国文学を学びたいと思っていましたが、その望みを口にしたことはありませんでした。目がどうなるかわからなかったし、学費の心配もあったからです。

冬休み明け、友美が私の席へやって来て告げました。

「カザマ君、あのマフラー、めっちゃ大切そうにしてたよ！」

冬季講習中に二度ほど見かけ、どちらも首に巻きつけていたそうです。あれから音沙汰(おとさた)がなかったので、この報告はとても嬉しいものでした。

次に私がカザマ君に会えたのは……

ここまで書いたところで、よう子は急に不安に襲われた。

自分の高校時代の思い出話をくだくだ書いたところで、どんな意味があるだろう。希子や近藤が求めていたのは、こんな原稿だったのか？　いったんそう思い始めると、いかにも詰まらないものに思えてきた。

そこでよう子はここまでの原稿を添付して、二人にCCでメールした。

「まだ途中ですが、こんな感じでよろしかったでしょうか？　書いているうちに、ふと疑問を覚えたものですから……」

一時間もしないうちに、返信があった。

先にくれたのは近藤だった。

「めっちゃ面白いですやん！　このまえ聞いたあらすじを完っ全に上回ってます。ヘミングウェイは言っております。『口で喋った内容よりも、実際に書いた原稿のほうが面白いのが、一流の作家の証（あか）しである』と。おカネ払ってもいいんで、早よ続きを読ませてください！」

希子も返事をくれた。

「すばらしい筆致です。個人的には〝私はカザマ君がやさしい男子に育ってくれたことを嬉しく思いました〟がツボでした。カザマ君がペットボトルのキャップを開けてくれたり、雨上がりに送ってくれるところは胸キュンですね。二人でワンピースを買いに行くところもよかったです。とてもいい作品です。自信をもってラストまで書き切ってください。原稿、心よりお待ちしております。

　追伸：もしお邪魔でなかったら、明日の夕方ごろ、マンションまでアンの漢方おやつをお持ちしてもよろしいですか？　お時間は取らせません。お出かけのようでしたら、ポストに入れておきますのでお申しつけください」

　よう子は二人の返事を読んで、一千万人の励ましを得たように勇気づけられた。すぐに続きが書きたくなり、ワープロソフトを立ち上げた。いつまでも、いつまでも書き続けられるような気がした。

20

　本間は人間ドックに行き、各種のがん検診オプションをつけた。かなりの出費となってしまったが、致し方あるまい。むしろこれだけ多額を支払いながら、結果が送られてくるまで怯(おび)えて過ごさねばならぬことのほうが、理不尽に思える。

まだ四十歳。何かあるなら次の十年だと思っていた。しかし様々な不調を一発で見ぬいたハト先生の見立てだから、どこか悪いところがあるに違いない。

番台に坐(すわ)りながら、最悪のケースについて考える。もし一年後、自分がこの世にいないとしたら、どう過ごすべきだろう？

共に過ごすべき家族はいない。抜きさしならぬ仕事もない。ならば父親として、ふうちゃんにどうしても残しておきたいメッセージがあるかといえば、たいしたことは思いつきそうになかった。

本間はため息をつき、本棚を見やった。

ここにはあらゆる種類の本があった。諸行無常を説く宗教書。万物流転を説く哲学書。宇宙一三八億年の歴史を語り、人間の存在がいかにちっぽけであるか悟らせてくれるサイエンス書。家庭と仕事を失った男が、起死回生の勝負に打って出る物語。

しかし今はそのどれもが説得力をもたなかった。

本間は三十代の半ばを過ぎたあたりから、この世には偶然と揺らぎとエントロピーだけがあって、運命や正解やゴールなんてものは、しょせん人間が考え出した幻想にすぎないのではないか、という方角へ人生観のコンパスの針が振れつつあった。そちらの方が、あらゆることを無矛盾で説明できるからだ。もし老年の入口くらいまで生き延びることができたら、また違った方角へコンパスが振れそうな予感もあるのだが……。

本間は午前中いっぱい、根を生やしたように番台に座り、そんなことを考えて過ごした。

昼ごろ、新規フェアを三本起こした。

〈自殺作家フェア〉北村透谷　有島武郎　三島由紀夫　太宰治　田中英光　芥川龍之介　原民喜　川端康成　牧野信一　ヘミングウェイ　ヴァージニア・ウルフ　レイナルド・アレナス

〈ＬＧＢＴ作家フェア〉三島由紀夫　折口信夫　菊池寛　トーマス・マン　ジャン・ジュネ　ジャン・コクトー　サマセット・モーム　トルーマン・カポーティ　スーザン・ソンタグ　ガートルード・スタイン

〈前科持ち作家フェア〉安部譲二　ジャン・ジュネ　ドストエフスキー　オスカー・ワイルド

午後、希子が店へ来て、「おーっ、また攻めたフェアが始まりましたね」と写真を撮り、その場でインスタにアップしてくれた。

「打ち合わせか何かの帰りですか」と本間はたずねた。

「はい。この近所に住んでいる書評家さんがいて、そこのワンちゃんに漢方おやつを届けてきたんです。ほら、ハト先生に頂いた」

「そんなことも、業務のうちなんですね」

「いまその書評家さんに短編小説にチャレンジしてもらってるんで、激励の意味も込めて。もともと、目が不自由な方なんです」

「えっ、盲目で書評家？」

「驚きますよね。でも、とても素敵な文章を書くんですよ」

「それ、僕も読めますか？」

「読めます。小学生時代の話はすでにウェブにアップしてあるんで、いまＵＲＬお送りしますね。……はい、送りました。続編の高校時代も近日中にアップできそうです。ところで今日は、ふうちゃんをお迎えに行く日ですよね。こっちに着くのは何時ごろですか」

「五時くらいです」

「そのあと三十分だけ、平安（ピンアン）の2を教えてあげてもいいですか。このまえ約束したので」

「ええ、ぜひ。でもお仕事、大丈夫ですか」

「大丈夫です。それじゃまた、五時ごろ来ますね」

希子が去ると、本間は次のフェアのポップ案を練った。いくつか下書きをスケッチしたところで時間が来たので、ふうちゃんをお迎えに行った。

「この前のお姉ちゃんが、また空手を教えてくれるってさ」と伝えると、ふうちゃんは「やったぁ！」と跳びはねた。本当に両足が宙に浮くほどジャンプする。

　五時ごろ、希子が手ぶらでやって来た。

「ふうちゃん、準備はいいかな？」

「うん！」

「白銀（しろがね）公園に連れて行ってもいいですか？」

「もちろん」

　白銀公園はこの界隈（かいわい）でもっとも大きく、遊具の多い公園である。

　本間は二人を見送ったあと、漢方コーナーのお茶を淹（い）れ、蒸されるのを待つあいだ、希子に教わったサイトを開いた。

「へぇ、S社はこんなこともやってんのか」

　小説誌のウェブ版なんて初めてだ。

「おっ、これか」

　竹宮よう子という書評家の、子ども時代を書いた掌編（しょうへん）らしかった。

〝盲目の書評家、小説デビュー！〟と煽（あお）り文句がついている。

　本間はクリックして読み始めた。

そして、心臓が止まりそうになった。

21

高三に上がった春、また目がかすみ始めました。

やっぱりこうなるのか、と思いましたが失望している暇はありません。私は十七歳。そろそろ自分の人生について方針を定めなくてはいけない時期に差し掛かっていました。

閉じていくか、開いていくか。

おとなしくいくか、大胆にいくか。

西へ行くか、東へ行くか。

私は「将来、福祉関係の仕事に就くために必要だから、大学は東海地方にある盲学校を受験したい。」と母に告げました。「好きにしな。」と母は言いました。

入試は点字で読み、点字で答えます。私は早速、点字のリハビリに取り組みました。感覚を取り戻すには時間が掛かりましたが、指のひらが固くなるころには昔と同じスピードで読めるようになりました。

もう点字でしか本が読めないことは、すぐに受け容れることができました。この二年のあいだ目で本が読めていたのは、神様からのプレゼント。ドライブの途中で見晴らしのいい展望台に立ち寄ったようなもので、また元のルートに戻るだけじゃないの。そう自分に言い聞かせました。

なかなか受け容れることができなかったのは、毎朝の〝儀式〟が復活したことです。目が見えなくなると、毎朝めざめるたび、

「目の見えないお前に、きょう一日を生きる意味があるのかね？」

という声と戦わなくてはいけません。調子が悪いときはその声に抗えず、ぐずぐずと起き上がれない日もありました。

昼休み、友美が私の席にやってきて言いました。

「カザマ君、木曜は学校のあといつも市立図書館に寄ってるんだって。『竹宮にも伝えといて』って言ってたから、よう子に会いたいんじゃない？　目が悪くなってきたこと話したら、すっごく心配してた。あ、ごめん。話してよかったよね？」

私は満面の笑みで頷きました。カザマ君とはもう何ヶ月も会っていなかったので、友美を通じてのメッセージはとても嬉しいものでした。

次の木曜、図書館で点字の参考書を読みながら彼を待っていると、小学生時代のことが

思い出されました。冷たく、しんとした暗い空気。あのときも私は理科室の突き当たりの廊下で、彼のことを待っていたのでした。

　コツン。

　図書館の入口付近で、ローファーの足音がしました。その足音は、曲がったり立ち止まったりしながらも、ある地点からまっすぐこちらへ向かって来ました。

「竹宮、久しぶり。」

　私は肩を叩(たた)かれました。

「ちょっと外に出ないか？」

　私たちは中庭へ行き、奥から二つめのベンチに腰をおろしました。

「また、悪くなったんだって？」

「うん。」

「いまはどれくらい見えてるの？」

「んー、まったくの暗闇ではないよ。冬の午後の陽ざしを障子越しに見てるくらい、かな。」

「かたちは見える？」

「無理。」

「じゃあ、本は？」

「点字に戻った。」

私の答えを聞き、カザマ君は黙りこみました。やめてね、と思いました。いま私にやさしい言葉をかけることだけはやめて欲しかったのです。泣いてしまうかもしれないから。カザマ君にわが身を案じてもらえるのは嬉しいのですが、嬉しいと同時に心苦しく、心苦しいと同時に甘美で、甘美であると同時に切ないものでした。私はカザマ君に涙を見せたくありませんでした。だから、やめて――。

カザマ君は私の心配をよそに、沈黙を守り続け、そしてこう言ったのでした。

「いまは、何を読んでるの？」

それは青空のように明るく、晴れやかな問いかけでした。私はとたんに勇気づけられ、せきこむように「志村ふくみの『一色一生』！」と答えました。

「ほら、前に着物の写真を見せたことがある、草木染めの人のエッセイだよ。色の世界って奥が深いんだね。さまざまな植物を煮出して糸に染めていると、その色を通して植物の生命が表れていることに気づくんだって。『私たちは、いわば花の生命を頂いているんですね』と志村さんが言ってて感動しちゃった。あとこの本を読んで、藍(あい)色が好きになった。藍色は植物染料の中でも特別に神秘的な美しい色で、つくるのも難しいんだって。だから藍をつくることに限っては〝藍を建てる〟って言うらしいよ。」

「藍を、建てるか。いい言葉だな。」

「でしょ？」

私はさらに調子づきました。

「水際の透明な藍から、深海の濃紺まで、藍には無限のグラデーションがあるの。藍を建てるのは子どもを育てるようなもの。その人の人格そのもの。藍の生命（いのち）は涼しさにあり。むかしは祈りながら藍を染めたらしいよ。」

言いながら私の心は、みるみる明るい藍色に染まっていきました。カザマ君はまだ気づいていないでしょうが、私が編んだマフラーも藍色でした。はからずも、私は彼に藍をプレゼントしていたのです。

私はその本をつうじて、古くから続く日本の色に魅了されていました。日本には四十八種の茶色と、百種のねずみ色があるといいます。時雨（しぐれ）ねずみ、路考茶（ろこうちゃ）といった情緒ある響きをもつのは、どんな色だろう。色の世界に魅せられると同時に、また自分の目が色を失うことになるなんて、なんと皮肉なことでしょう。

「カザマ君は、なにを読んでるの。」

私は聞き返しました。

「俺は、これ。」

カザマ君は一冊の本をとりだし、私の手の上に置いてくれました。どことなく暖かみが伝わってくるような本です。

「岡茂雄の『本屋風情』。戦前に岡書院という出版社をやってた人で、民俗学が好きだったから、柳田、折口、南方なんかとも交流があった。これを読むと南方熊楠は自然児すぎるし、柳田國男は意固地すぎるし、いろいろ裏面が見えておもしろかったよ。じつはこの人、『広辞苑』の隠れた生みの親でもあるんだ。」

「えっ、そうなの？」

「うん。信州の人だから、茂雄は茂雄でも、岩波書店の岩波茂雄とも交流があってさ。やっぱり長野は教育県だから、出版人を多く輩出しているんだね。」

「カザマ君て、ほんとなんでも詳しいよね。」

私がほとほと感心して言うと、

「そんなことないよ、知ってることを喋ってるだけ。」とカザマ君は言いました。

そのとき中庭に強い風が吹きわたり、カザマ君から男子高生特有の酸っぱい匂いが漂ってきました。ほかの男子の匂いは苦手でしたが、カザマ君の匂いはどこか知らない国の、まだ土がついたままの穫れたて野菜や食べごろの果物みたいで、嫌いじゃありませんでした。

「なんか面白いんだよね、回想録って。」

異国の土の匂いがする青年は、一人ごとのようにつぶやきました。

夏休みに入ると、私は図書館に通い出しました。去年みたいにカザマ君とたくさん一緒に過ごせたらいいなと思いましたが、同じ予備校に通う友美が、

「ぐへ〜。夏季講習まじ死にそう。」

と嘆いていたので、カザマ君が図書館に姿を見せないのも仕方ないと諦めていました。

ところが七月の終わり頃、図書館で勉強していたら、

「竹宮、大発見、大発見！」

と突然うしろからカザマ君の声がしました。

「どうしたの？」

久しぶりに会えたよろこびを感じる間もないほど、カザマ君は興奮していました。

「エリック・ホッファーって知ってる？」

「知らない」

「むかしサンフランシスコの波止場で働いてた思想家なんだけど、この人は七歳で失明したあと、十五歳のときまた見えるようになったんだって！」

「ええっ!?」

そこが図書館であることも忘れ、私は大きな声を出してしまいました。

「それからは『またいつ見えなくなるか分からないから』って図書館の近くに住んで、一日じゅう読書してたらしいよ。これもどこか竹宮に似てるよね。ホッファーは八十歳で亡

くなるまで、ずっと見えてたんだって。」

　私は心底驚きました。子どものとき閉じられた目が、十五歳でまた開かれた人がいる。私のように。いや、私の方がまるでホッファーのようです。


　それからカザマ君はホッファーについてどんどん詳しくなっていきました。

　もともと本屋さんの子で（といってもただの本屋ではなく、市内に何軒も展開するチェーン店です）中学校に上がる頃から大人の本を読み始めたというカザマ君の呑み込みの早さは、素晴らしいものでした。

　私はその輝かしい成果を、中庭のベンチで聞かせてもらいました。

「ホッファーは七歳のとき、母親を亡くすと同時に失明。家政婦のマーサに育てられた。十五歳で突如目が見えるようになって周囲を驚かせたけど、やがてマーサはドイツに帰国。父親も十八歳で亡くなってしまったんだ。」

　天涯孤独になったホッファーは、ロサンゼルスの貧民街に飛び込んだそうです。そこからは農園の季節労働や、レストランの皿洗いなどを転々としながら、その日暮らしに終始したといいます。

　サンフランシスコの波止場に肉体労働者として落ち着いたのは四十歳のとき。ホッファーは思想家として名声を得てからも、図書館で独学に励みつつ、六十五歳までそこで働いたそうです。私はその貫く棒のごとき人生に感銘を受けました。

「芯の強い人ね。」

私が言うと、

「だけどそれと紙一重で、相当思い込みが激しい人だったらしいよ。」

とカザマ君は言いました。

「たとえば『自分は短命の家系だから四十歳までは生きられまい』とか、『偉大な人物はたいてい二十七歳のとき人生の転機を迎えている』と思い込んでいた。だからホッファーは二十七歳のとき、一年間仕事を休んで、今後の人生の方針について考えているんだ。」

「一年！　なんかスケールが大っきいね。」

「そしてホッファーが出した結論が、自殺することだったんだ。」

「えっ——。」

「ホッファーは二十八歳のとき、自殺未遂を起こしている。どうせ長く生きられないんだし、生きる意味も見つからないからって。」

私はこのエピソードを聞いて初めて、ホッファーも〝こちら側〟の人だったのだ、と思い当たりました。毎朝めざめるたび、今日を生きる意味を探さなくてはいけない種族。

カザマ君が続けました。

「ホッファーは正規の教育を受けたことがない自分のことを、不適格者と規定していたらしい。だけど独学で得た物理学や植物学の知識は、大学教授レベルだった。

こんなエピソードがある。

三十代後半、ホッファーはバークレー大学のカフェテリアで働いていた。そこでヘレンという大学院生の女性と知り合い、互いに好意を持つようになった。ヘレンはホッファーの物理学の知識が並々ならぬことを知り、大学で学ばせようとした。けれどもホッファーはそれを断り、ヘレンに何も告げないままバークレーを離れ、また元の放浪生活に戻ってしまったんだ。」

「なんで?」

「わからない。でも、境遇かな。自分が潰(つぶ)れてしまわないようにホッファーが身につけた処世法のようなものだったのかもしれない。ホッファーはこんなことを言っている。『家政婦のマーサが去り、翌年父が死に、私は自由になった。誰とでも、いつどんな時にも、まったく苦しまず別れることができる、と感じていた』」

なんと身勝手な!

私はヘレンへの同情で胸が一杯になりました。

別れ。私もそのことについてはずっと考えていました。ときに梅雨空のようにジメっと。ときには天日干しのようにカラッと。手の上にのせて矯(た)めつ眇(すが)めつしたり、「えいやっ。」と天に向かって放(ほう)り投げたり。けれどもそいつはそこに在りつづけ、私をかなしい気持ちにさせつづけました。

　カザマ君はあと数ヶ月もすれば、私のもとを去ります。東京の大学へ進み、一人暮らしを始めるのです。飲み会、サークル、コンパ、アルバイト。お祭りのような日々。私には手の届かない青春。お祭りのように可愛い彼女ができて、私のことなどすぐに忘れるでしょう。きっと『ノルウェイの森』の主人公のように可愛い彼女ができて、私

「……竹宮、聞いてる?」

「あ、ごめん。聞いてる聞いてる。」

「だから俺も、ホッファーみたいに自由に生きたいな、って思うんだよ。偶然生まれついた土地とか環境に縛りつけられず、自分が働きたいときに好きなだけ働いて、あとは好きな本を読んで過ごす。そんな仕事が理想かな。」

「だったら、本屋さんを継げばいいんじゃない?」

「それだけは、やかな。」

　カザマ君は微苦笑をもらしました。

「竹宮は知らないと思うけど、本屋ってじつは仕入れの自由があまりないんだ。勝手に出版社や問屋から送られてくるから。」

「へー、そうなんだ。」

「だったら古本屋のほうが、よっぽど自由があると思うよ。本で読んだんだけど、東京の

神田（かんだ）の神保町（じんぼうちょう）って街には、めちゃくちゃたくさん古本屋が並んでるんだって。アイドル雑誌のバックナンバーを扱う店から、何千万円もする古文書を扱う店まで。」

「そんな街あるんだ？」

「うん。大学に受かったら、すぐ行ってみるつもり。カレーと中華が美味しい街です、とも書いてあったな。」

「えー、いいなぁ。」

「カレー好きなの？」

「うん、大好き。」

「俺も。なんなら神保町の古本屋でバイトして、毎日カレーを食ってやろうかな。」

「毎日じゃ飽きちゃわない？」

「じゃあラーメンも挟むか。カレー、カレー、ラーメン、カレーでどうよ？」

「うん、理想的。」

「あー、すぐにでもバイトしたくなってきた。」

中庭のベンチでお喋りする時間は宝石のようでしたが、カザマ君が将来の展望を語るたび、私の心は傷（いた）みました。彼の未来予想図に、私はいないのです。

「働き方について話を戻すけど、ホッファーは『波止場日記』の中でこんなことを言っているんだ。『どうして週に四日も五日も働こうとし続けるのか、という疑問が頭の奥にずっとある』と。つまり、人間性をなくすほど働いちゃいけないという考えの持ち主だったんだ。ただし争い事が大嫌いな人でもあったから、『五分間論争するより、五時間働くほうがいい』とも言っている。」

その気持ちはよくわかりました。私も人が言い争うのを耳にしただけで、一日じゅう胸騒ぎが止まらない性質（たち）でしたから。

「日記ではほかにもいろんなことを言ってるよ。『大切なのは自己を重視しないことだ』とか、『二年前に比べて人間に興味を惹（ひ）かれなくなった』とか、『独善的になっている。長い仕事のあとはいつもこうなる』とか。」

「おもしろいね。」

「興味ある？」

カザマ君がめずらしく、私の真意を探るような訊ね方をしました。

「あるよ。」

おざなりの追従と取られたくなかったので、私は心をこめて言いました。

「それじゃ、読んであげよっか？」

「ん？　どういうこと？」

「点字になってないだろ、これ。だから俺が読んであげるよ。週一でどう？　木曜のこの時間にさ。」

「でも、悪いよ。予備校もあるんでしょ。」

「どうってことないって。」

断るには魅力的すぎる提案だったので、私はカザマ君の気が変わらないうちにその申し出を受けました。

カザマ君の好意は、多分に伝道師的なものだったでしょう。自分がいいと思ったものを他人に奨(すす)めたいという気持ちは、誰しも持っています。とくに本に関する場合、カザマ君の熱量は人より多かったと思います。

毎週木曜、中庭のベンチで『波止場日記』を読んでもらうようになりました。私が右サイドに座り、カザマ君は左サイド。私たちはこの課外授業を朗読時間(リーディングタイム)と名づけました。

カザマ君が日記をよみあげる声が、軽やかに私の耳朶(じだ)をうちます。

〈人間は充実した二、三分間のあいだに、数ヶ月分の努力を成し遂げることがある〉

こんな一節を見つけると、「そんなことあるかな」とどちらからともなく言いだし、朗読は一時中断となりました。

「似たような経験はあるけど、さすがに数ヶ月分は大袈裟(おおげさ)だよね。」

と私が言えば、

「これはあくまでレトリックなのかもしれないぞ。」とカザマ君も首を傾げます。

うーむ、と考えあぐねたものの、お互い十八年足らずの人生経験のどこを探しても同意

は見出せず、

「ともかくも、受験勉強ではありえないね。」

「うん、あったらいいけど。」

　とりあえずの落としどころを見つけて、朗読再開となりました。

〈私がくつろげるのは波止場だけだ。これまでどこに行ってもアウトサイダーと感じてきたが、波止場では強い帰属感をもつ〉

　この一節には深く共感しました。転校生のような気持ちを抱えて生きてきた者にとって、くつろげる場所をもつのは憧憬の的でした。私はいつになったら自分だけの波止場を見つけることができるのだろう?

　ふと、ひょっとしたらこのベンチの上が一種の波止場かもしれないと思い当たりました。すると私はこの瞬間がむしょうに愛しくなり、カザマ君に気づかれぬよう、そっと小さく深呼吸したのでした。

〈下の部屋に、ニグロの売春婦が越して来た。最初の晩はものすごく繁盛し、おかげで夜中まで眠れなかった〉

　これにはホッファーの困り顔が目に浮かぶようで、二人で苦笑しました。

　こんなエピソードもありました。

　ホッファーがレストランで働いていたときのこと。完璧な身なりをした紳士が来店しましたが、彼の靴下には穴が空いていました。それを見つけたホッファーは、針と糸を持っていき縫ってやりました。紳士は多額のチップを差し出しましたが、ホッファーは受け取りません。すると翌日、紳士は金時計を持って来ました。ホッファーは今度はそれを受け取りました。ホッファーは言っているそうです。「彼が何者なのか、訊きもしなかったし、二度と見掛けることもなかった。しかし彼のことは、五十数年たった今も鮮明におぼえている」

このエピソードはホッファーの人柄をよく表していると思う、とカザマ君は言いました。私もそう思いました。どこが、という訳ではありませんが、そんな気がするのです。ホッファーはどこまでいっても、自分なりの藍を建てる人でした。

「ところで靴下の穴って、どこに空いていたんだろう？」

カザマ君に言われ、私も首を傾げました。たしかに他人から見える場所に穴が空くことは滅多にありません。いったい、どこだったのでしょう？

充実した心嬉しい日々は速やかに過ぎ去り、あっという間に夏休みも終わりに近づいてきました。残暑きびしい折りではありましたが、太陽はわずかに遠ざかり、空気の中に秋の気配が混じり始めます。

私たちは『波止場日記』を通読し終え、二度目のターンに入っていました。カザマ君は

「気に入った本は何度でも読み返すべきだ」という主義の人で、たしかに初読の時とはまたちがう愉（たの）しみや発見がありました。

夏休み最後の木曜日、カザマ君は『波止場日記』をぱたんと閉じると、

「ここでいったん、区切りにしていいかな。」

と言いました。「二学期が始まったら、予備校の授業も詰まるかもしれないし。」

「もちろん。ありがとね、ほんとに。」

「目は、どう?」

「ぼちぼちかな。」と私は答えましたが、実際にはどんどん悪くなっていることに気づいていました。

二学期が始まると、私たちは待ったなしの受験生に戻りました。

秋が深まるにつれ日ざしは弱まり、歩を合わせるかのように、私の採光窓は閉ざされていきました。そして秋の終わり、とうとう私は闇の住人へと舞い戻ったのでした。わかっていたことではありますが、これで美しい着物を手に取っても、誰に恋しても、どこを旅しても、なにも見ることはできないのだ、と思うと晩秋の切なさが身に沁（し）みました。私の記憶に残る最後の映像は、中庭のベンチから見えるあの情景となりました。

さようなら、私の十八歳の夏。

さようなら、すばらしき朗読時間（リーディングタイム）。

さようなら、色と形のある世界。


冬がきて、友美に「話がある。」と呼び出されました。「誰にも聞かれたくないから。」と言うので二人でカラオケ屋へ行き、そこで打ち明けられたのです。

自分もカザマ君のことを好きになってしまった、と。

友美は涙を流しながら、何度も「ごめんね。」と口にしました。私は親友の謝罪を聞くにつれ、胸がつぶれるように苦しく、どうして謝るのだろう、人が人を好きになる気持ちは抑えることができないのだし、こうやって気持ちを打ち明けてくれたことこそ、親友の証しではないか、と思うようになりました。友美の涙に嘘はありませんでした。気づけば私も涙を流していました。

「二人で、あきらめよう。」

どちらからともなく、そう誓い合いました。それがいちばんの解決策のように思えました。どうせあと二ヶ月もすれば、カザマ君とは離ればなれになるのです。

もちろん、「二人で撮ったプリクラを友美に見せなければ、こんなことにはならなかったかもしれない。」と思ったりしましたが、結果は同じだったでしょう。

カザマ君はいつも半歩先に立って私をエスコートしてくれました。彼氏の半歩手前までいったと思ったこともあります。けれどもそれは永遠に縮まらない半歩。私たちは結ばれない運命にあったのです。

母には「カザマ君から連絡があっても、取りつがないで欲しい。」とだけ伝えました。

やがて盲学校から合格通知が届くと、私は大切に蔵(しま)ってきた一枚の手紙を取り出しました。カザマ君がくれた米つぶのラブレターです。それをびりびり破るときは、本当に身を切られるような痛みが走りました。けれども今はこの痛みを乗り越えることが必要なのだ、と自分に言い聞かせました。

私は新しいスタート地点に立つ。

それがたとえ真っ暗闇のはじまりだとしても。

私は、私の藍を建てるのだ。

22

楽しみにしている木曜日が来たというのに、本間は寝不足で朝から体が重かった。

昨晩遅く、希子から「高校時代の原稿をアップしました」と連絡があったのだ。

読んでいるあいだ、生々しい記憶がいくつも甦(よみがえ)った。

広瀬(ひろせ)かすみにコットンの白いワンピースを選んだこと。雨上がりの土手道で水たまりに神経を尖(と)がらせていたこと。エリック・ホッファーのように生きたいと青っぽく語っていたこと。いま思い返せば気恥ずかしいことも多いが、青春の不透明さを先延ばしにするような日々のことが懐かしくもあった。

もちろん、記憶と食い違う箇所も多かった。

たとえば『ノルウェイの森』について、自分は「来週くらいに読んでみる」と言ったことになっているが、実際に読んだのは大学三年になってからだった。かすみの母に「わが家のヒーローだったんだからさ、君は」と言われた記憶もない。

でも、そんなことはたいした問題じゃなかった。あのことに比べたら。

かすみから手編みのマフラーを貰(もら)った冬季講習明け、友美は「予備校でマフラーを大切そうに巻いてるカザマ君を見かけたよ」と報告したことになっているが、実際はそうじゃなかった。

あのとき友美は、本間に声をかけてきたのだ。

「あの、本間さんですよね、鶴高の」

突然知らない女子高生に話しかけられて、本間は戸惑った。

「そうだけど……」

「わたし、かすみちゃんと同じ高校に通う前沢友美といいます。突然すみません、驚いたでしょ？　でもかすみちゃんから、本間さんと撮ったプリクラを見せてもらったことがあって」

「ああ、そういうことか」

　本間は照れながら、マフラーにあごを埋めた。

「それ、かすみから貰ったマフラーですよね」

「知ってた？」

「だって、毛糸を選んだのはわたしだから……あっ、いけない！　これ内緒だったんだ。聞かなかったことにしてくれます？　というか、して下さい！」

　友美の狼狽ぶりが可笑しくて、本間は苦笑しつつ頷いた。この時には本間も友美の声を以前に聞いたことがあると気づいていた。かすみに「渡したいものがある」と図書館へ呼び出されたとき、はじめに電話をかけてきた子だ。

「絶対内緒にしてくださいよ」

「わかってるって」

「ありがとうございます。マフラー、よく似合ってますよ」

　これが友美との初対面だった。

それから予備校で顔を合わせると、親しく口をきくようになった。かすみの近況を聞くことも多かった。まだケータイもなかったし、高校も違ったので、そうするよりほかなかったのだ。

高三の夏、かすみの視力が末期的であることを教えてくれたのも友美だった。それから木曜ごとにかすみとリーディングタイムをもつようになったのも事実だ。

ただ一つだけ、かすみの知らないことがある。

夏季講習の終盤、本間と友美は午後の授業をぬけだして二人で映画を観(み)に行ったのだ。「ストレス発散のために」と口実をつけて。これを機に二人の距離は急速に縮まった。友美は「わりとなんでも話せる女友だち」という、本間の人生にとって初登場のキャラとなった。

だから高三の冬、

「本間くんはかすみのこと、どう思ってるの?」

とたずねられたときも、不自然には感じなかった。本間はそれまで温めてきた自分の気持ちを躊躇(ためら)うことなく打ち明けた。

「俺(おれ)は大学に受かったら、広瀬に告白するつもりだ。広瀬も盲学校に合格して、四月から遠距離恋愛になっても構わない」

「そっか」と友美は微笑(ほほえ)んだ。

「でも広瀬には内緒にしといてくれよ」

「わかってるって」

本間は第一志望の大学に合格した。かすみも盲学校に合格したと友美から聞いた。

本間はかすみの家に何度か電話したが、そのたびに「留守です」と告げられた。「帰って来たら掛け直してほしい」と伝えたが、折り返しはなかった。

やがて持ち時間が少なくなってきた本間は、約束もせずにときわハイツを訪れた。

チャイムを押すと、おばさんが出てきて、

「ちょっと、そこまでいい？」

と本間を土手へ誘った。川を見下ろせるところまで登ると、おばさんはタバコに火をつけて言った。

「あの子から、離れてくんないかな」

「えっ？」

「もう会いたくないって言ってる。あの子のことは、もう放っといて」

お迎えの時間がきた。店を閉めて神楽坂を下り、保育園へ向かう。歩きながら高校時代のことを思い返し、「すべて終わったことさ」で片付けてしまおうとする自分が自分の中にいることに気づき、不信感を抱いた。果たしてその一言で片付けてしまっていい問題だろうか。

「あ、お父さん！」

ふうちゃんの笑顔は、本間のギアを切り替えさせるのに十分な威力をもっていた。

「やあ、ふうちゃん」とまなじりが下がる。

「空手のお姉ちゃん、今日も来る？」

「来るよ。あれ、おぼえてる？　なんだっけ」

「ぴんあん」

はっ、とう、とふうちゃんが空拳をくりだす。男の子はバトルが好きだ。そろそろドラゴンボールの全巻セットをプレゼントしようかなと思ったが、元妻から勝手にプレゼントすることを禁じられていたと思い出し、軽くため息をついた。

十七時前、希子が手ぶらでやってきた。

「こんにちは、ふうちゃん。公園行こっか」

「うん！」

本間は、手をつないで公園へむかう希子の背中に謝った。まだ、かすみとの関係について話す気にはなれなかった。なんと言っても昨日の今日なのだ。でも、あと少し。あと少しだけ時間が欲しかった。

気持ちの整理がついたら〝カザマ君〟の正体について明かすつもりだった。そんなに時間は掛からない。ひょっとしたら二人が公園から帰ってくる頃には、気持ちの整理がついているかもしれない。ともかく、そう遠くない未来のことだ。

23

ちょうど地下鉄神楽坂駅の1a出口から地上に出て、坂道をくだり始めたところだった。急にアンの足取りが跳ねるようになったので、「ん?」とふしぎに思ったら、

「よう子さーん!」

と前方から希子の声がした。

そういうことだったのね、とよう子は微笑んだ。

「本日二回目ですね」

希子が可笑しそうに言った。よう子も同じ気持ちだった。定例の木曜ランチをして別れたのは、つい先ほどのことだ。

「お出かけだったんですね」

「うん、あのあと点字図書館へ行ってきたの」

「わんちゃんだ」

下から男の子の声がした。

「あら、どちらの子？」

「近くの古本屋さんの息子さんで、ふうちゃんと言います。これから白銀公園で空手を教えるところだったんです」

「あら、いいわね。ぼく、いくつ？」

「五歳です」

「いい子ね。わたしも公園までお付き合いしていい？　もうちょっと外の空気を吸ってから帰りたいな、と思っていたところなの」

「ええ、ぜひ」

よう子も白銀公園はたまに訪れる。原稿などで家に閉じこもったあと、アンと散歩するのにちょうどいい距離なのだ。

公園に着くと、よう子はベンチに誘導してもらって腰をおろした。夕暮れどきだが、疲れを知らぬ子どもたちのはしゃぎ声が園内のあちこちから響いてくる。

「この犬、嚙みませんか？」とふうちゃんに訊ねられた。

「嚙まないよ」とよう子は答える。

「触ってもいいですか？」

公園で子どもたちに百%される質問だ。

「ごめんね。この子は盲導犬といって、目の見えない人を助けてくれるわんちゃんなの」

「あ、盲導犬、しってる!」

「そう、すごいね。盲導犬はこのハーネスをつけてる時はお仕事中だから、話しかけたり、撫でたりしちゃいけない決まりになってるの。そのかわり、おもしろいものを見せてあげようか」

よう子はスマホを取り出した。公園で子どもたちをがっかりさせたあと、ときどき用いる手だ。

「ふうちゃんは、どんなわんちゃんが好き?」

「白くてふさふさしたの」

「わかった。じゃあ訊いてみようね。オッケー、Google。白くてふさふさした犬の動画を探して」

合成音声が「次の動画が見つかりました」と答える。画面を見せると、ふうちゃんは「すごい!」と叫んだ。「これ、なんでも言うこと聞いてくれるの?」

「なんでもってわけじゃないけど、けっこう答えてくれるよ」

「僕もやってみたい」

「いいよ。なにか訊いてごらん。オッケー、Google ってはじめに言うんだよ」

「オッケー、ぐるぐる。ドラえもんをだして！」

よう子と希子は思わず吹き出したが、いくつか動画が示されたようだった。どうやら「ぐるぐる」でもいいらしい。

「すごい！」

ふうちゃんは喜び、続けて「オッケー、ぐるぐる。いまお母さんがいる所を教えて」と言った。

「それじゃ、ぐるぐるもわからないよ」

よう子は諭すように言った。

「せめて、お母さんの名前で訊いてごらん。ふうちゃんのお母さんが有名人だったら、出たりしてね」

「うん、わかった。オッケー、ぐるぐる。前沢友美の居場所を教えて」

「えっ」

よう子は息をのんだ。合成音声が「すみません、前沢友美の居場所はわかりませんでした」と答える。

「ふうちゃんのお母さんの名前、なんて言った？」よう子がたずねる。

「前沢友美。まえは違う名前だったけど、また元に戻ったんだって。だけどまた違う名前になるかもしれないって言ってた」

「どういうこと？」

問い詰めるような口調になってしまい、ふうちゃんは「よくわかんない」とすこし怯えた様子で答えた。よう子はあわてて「ごめんね」と謝った。自分の笑顔が強張っているのがわかる。

まさか、とは思う。

でも、万が一――。

「ねえ、ふうちゃんのお父さんの名前は？」

「本間！」

ふうちゃんは元気をとりもどして答えた。「本間達也」

「嘘でしょ！」

よう子の叫び声が響きわたり、園内は静まりかえった。

「よう子さん、どうしたんですか⁉　よう子さん、よう子さん！」

希子の呼びかけに、よう子は応えることができなかった。

24

本間のもとに、四つの報せが届いていた。

元妻から、アメリカへの出発日を知らせるＬＩＮＥ。

〈物件に興味を持っている方がおられます〉という不動産屋からのメール。

人間ドックの検査結果。

希子から〈こんなことってあるんですね〉という件名のメール。

どれ一つとっても、日頃なら一日の最大イベントになりうる報せだ。それが四つも重なるなんて、うまくいかないもんだな、と手をつけかねていた。

だがいつまでも思考停止している訳にはいかず、まず不動産屋に〈いつでも内見に連れてきてください〉と返信した。

次に元妻のＬＩＮＥを既読にした。出発日は三ヶ月後。本間はカレンダーでそこまでの木曜日の数をかぞえた。十回。あと十回で『星の王子さま』を読み終えられるだろうか。

というより、あとテンカウントでふうちゃんとお別れだなんて、そんなことがあっていいものか？

残りの二つで少し迷ってから、検査結果を先に開封することにした。なぜか「胃がんでも肝硬変でも、どんと来やがれ」という気持ちになっている。

検査結果は、特に異常なし。

肩の力がぬけた。ハト先生、勘弁してくださいよと店の漢方コーナーをちらりと見やる。不安から解放されて得したような、損したような、ふしぎな気分だ。

最後に希子からのメールを開封した。

〈こんにちは。先日は本当に驚きました。部外者のわたしですらこんなに驚くのですから、お二人は尚更のことでしょうね。

あのときもお伝えした通り、よう子さんは、本間さんと友美さんがご結婚されていたことはご存知ありませんでした。けれども、もう済んだことだし、自分には関わりのないことでもあるから、今回のことで、とりたてて本間さんと会う必要があるとは思わない、とあらためてご連絡がありました。

ただ原稿で友美さんだけそのまま本名で使ってしまったのは自分のミスだから「慶子」に変更してほしいとのことでした（直し済みです）。

ところでじつはもう一人、うちの会社でよう子さんを担当している編集の者がおります。近藤という男で、わたしの同期です。

その近藤が今回の話を聞き、うちと本間さんのお店で進めているプロジェクトに、よう子さんも参画すべきではないかと言い出しました。近藤いわく、『これからは〝会えるアイドル〟やないけど、〝そこでしか読めん本屋〟の時代や！』とのこと。

なんだかよくわからないのですが、もし笑いのネタに話だけでもというお気持ちがおありなら、いちど近藤を連れて行っても構いませんか？　なんだか本人、めっちゃやる気なんです。

わたしたちのプロジェクトのことを話したら、よう子さんも興味を持っておられました。お互い昔のことは蒸し返さず、ニュートラルに向き合えるなら、本間さんとのお仕事を前向きに考えてみたい、とのことでした。本間さんのお気持ちはいかがですか？

わたしどもと致しましては、〝古書Ｓｌｏｐｅ〟と〝竹宮よう子〟のコラボ、ぜひ実現したいです！

それにしても、こんなことってあるんですね。魔法に掛かったように、驚きから醒めやりません。追記：ふうちゃんに『来週も特訓だよ』とお伝えください。それでは〉

本間は返信を打った。

〈こんにちは。メールありがとうございます。僕も魔法に掛かったような気分です。近藤さん、たのしそうな方ですね。ぜひお連れください。

広瀬さんもぜひ（竹宮さんと呼んだほうがいいのかな？　なんだかヤヤコシイですね。僕の中で彼女は〝広瀬かすみ〟なんです、当然のことながら。もちろん僕も昔のことを蒸し返すつもりは毛頭ございませんので、ご安心ください）。

追記１：不動産屋から、この物件に興味をもつ人がいると連絡がありました。

追記２：息子はあと三ヶ月でアメリカに旅立ちます。それまでにピンアンをすべて習得できるかな？　いつも教えて頂き、ありがとうございます。

それでは。

おっと。

追記３：業務連絡を忘れてました。またフェアを二つ始めました。〝水〟に関わる本フェアと、貧困家庭にうまれた作家フェアです。あとで写真を撮ってお送りします〉

本間は四つの報せを処理しおえると、友美にかすみの原稿のことを教えるべきか考えた。それこそ「もう済んだこと」だし、いまさら知らせたところで何になる、とも思う。それに万が一にも当てつけや嫌がらせと取られたくない。けれどもあの二人はクラスメイトだった。本間以外のところから友美の耳に入る可能性もゼロではない。

結局、本間はＵＲＬを添えて友美にＬＩＮＥすることにした。

これは「盲目の書評家・竹宮よう子」が書いた短編小説。ここに出てくる「カザマ君」は俺で、「慶子」があなた、「よう子」はかすみのことだって。いま広瀬かすみは、竹宮よう子という筆名で活躍しているらしい。神楽坂に住んでいるそうだ。

友美に送ったＬＩＮＥにはすぐに既読がついた。彼女はどんな気持ちでこの短編を読むのだろう。率直に考えれば、あのとき友美は、本間がかすみに告白しようとしていることを知り、先手を打ったことになる。こんなことを言うのは自分がモテ男みたいで心苦しいが（もちろん全然そんなことはない）、時系列どおりに考えれば、そうなる。

「二人で諦めよう」という約束は、どこまで先を見越してのことだったか。本間と友美が第一志望としていた大学のキャンパスは、飯田橋と市谷にあった。歩いても行ける距離だ。だから二人が四月から接点をもつことは充分に考えられたのだ。

実際、二人は第一志望に合格した。そして大学一年の夏休み、どちらからということもなく「情報交換しよう」ということになり、水道橋の安い居酒屋で飲んだ。数ヶ月見ないあいだに、友美は大人っぽくなっていた。私服も洗練されたようだ。

二人は正体なく酔っ払い、カラオケに行ったあと、本間の下宿先へ雪崩れ込んで、寝た。二人とも初めてのことだった。

翌朝、シーツに赤いものがついているのに気づいた友美が、「やだぁ」と恥じらった。その姿を見て、本間は愛しさがこみ上げてきた。どうして今まで友美とこうならなかったのだろう、と思った。だがすぐに、今までのことはこうなるために必要な助走期間だったのだ、と思い直した。カーテンの隙間から射し込む朝日のなかで、もういちど友美のことを抱きしめた。その時かすみのことが思い浮かんだかどうかは、もう定かではない。

今こうして思い返してみると、あれが自分の青春時代のもっとも輝かしい一幕だったのだと思い知らされる。自分はまったく異性にモテるタイプではなかった。おそらく生涯で自分のことを愛してくれたのはあの二人だけだ。それなのに……。

本間は大きなため息をついた。

いくら待っても、友美から返信はなかった。

25

よう子は朝めざめたが、「オッケー、Google」と呼びかけることはせず、ベッドの中でしばらく物思いに耽った。若い頃は目ざめるたびに生きる意味を探したが、いまは目ざめるたびにあの二人のことを考えてしまう。

二人を恨む気持ちはなかった。憎む気持ちもなかった。ただ、起きぬけの柔らかな心がだ。

「二人はどんなふうに結ばれたのだろう」ということに、自然と吸い寄せられてしまうのだ。

高校を卒業してから、友美とは一度だけ会った。大学三年の秋のことだ。よう子が職業訓練の集まりで東京に来たとき、有楽町（ゆうらくちょう）のエスニック料理店でご飯を食べた。

「久しぶり、元気？　わたしはぼちぼち就活始めたんだけど、まじヘコむわ～」

友美はあいかわらず明るく嘆いた。地元にいた頃より、すこし早口になったみたいだった。

ご飯のあと、ホテルまで送ってくれた。一夕を共に過ごしたが、本間のホの字も出なかった。あのとき二人は、すでに付き合っていたのだろうか。それとも、もっと後に再会してゴールインまで漕（こ）ぎつけたのか。

結婚まで。

突きつめればよう子の関心はその一点にあった。それに比べれば、二人が別れるに至った経緯には、ほとんど興味を惹（ひ）かれない。

「くーん」

ドアのあたりでアンの鳴き声がした。

「あ、ごめん、ごめん」

よう子は起きだしてリビングへ向かった。朝食の時間をとっくに過ぎている。歳（とし）をとると、若い頃のように気持ちがぽんぽん移っていかず、一つの感情に長く拘ってしまう。

朝食を済ませて仕事に取りかかった。きのう近藤から新規オーダーが入った。

「中学の盲学校時代のことを、独立した短編に仕立て直して下さいませんか。一連なりの物語としてまとまったとき、小中高と一編ずつ並んでたほうが見栄えがええんですわ」

よう子が応諾すると、近藤は一つ注文をつけた。

「作品には、まだお手元にある品を一つ、キー・アイテムとして登場させてください。何かありますか」

「それなら、中学時代にルームメイトと作った音声劇のカセットテープがありますけど、いかがでしょう」

「ええですね。それでいきましょう」

よう子は草案を練り始めた。まるで巫女のように、見えない世界へと続く秘密の階段をおりて行く。やがて、ルームメイトたちの声が聞こえてきた。高い声、弾んだ声、汗ばんだ声。いくつもの声が、よう子の鼓膜をゆらす。

次は、風だ。窓から教室に吹きこむ新緑の風が頬をなでる。風は、あきらかに生命をふくんでいた。生まれたての葉の甘い香りが鼻をつく。

ルームメイトたちとお喋りしながら教室を移動し、流行曲を一緒に歌う。

なまなましい感覚が甦ってきた。

でも、まだだ。まだ原稿にはならない。もう少し彼女たちと往時の校舎の中で遊ばねばならない。そうすれば、おのずと言葉は溢（あふ）れてくるのだ。

よう子はしばらくそこで過ごしたあと、ふーっと肩の力をぬき、キッチンに立った。いったん彼女たちの居場所さえわかってしまえば、また逢（あ）いに行くのはそんなに難しいことではない。

アンがキッチンについてきた。電気ポットで一杯分のお湯を沸かすあいだ、「よしよし」と撫でてやる。

沸いたお湯を注ぐと、ダージリンの香りが立ちのぼった。よう子は一口つけると「あの二人は、いつから付き合い出したのだろう？」と思った。

この問いは部屋のどこかに蹲（うずくま）り、よう子が気を抜くのを待っていたみたいだった。希子には「昔のことを蒸し返すつもりはないし、関心もない」と言（こと）づけたが、どうやら本心ではなかったらしい。

仮に二人が大学に入ってすぐ付き合い出したとしたら、どうだろう。よう子は欺（あざむ）かれたことになる。もう一歩進めれば、友美はそのために「二人で諦めよう」と提案したことになる。

でもそれはありえそうになかった。友美と過ごした高校三年間で、他人の嘘を感知するよう子のセンサーが作動したことは一度もなかった。

よう子はもういちどティカップに口をつけ、ハッと手が止まった。

友美がコダマとつながったのだ。

信号待ちするよう子に「青だよ」と囁いたコダマ。

カラオケ屋で泣きながら「二人で諦めよう」と言った友美。

俗に、息をするように嘘をつくと言うが、もしあの二人が嘘をつくことになんら良心の呵責を持たぬ人たちだったとしたら？　それならよう子の第六感が作動しなくて当たり前だ。

そんなことが、ありうるだろうか。ないと思いたい。ばかばかしい妄想だと切り捨ててしまいたい。実際、なんの確証もないのだ。仕舞いにはよう子は、そんなことを思いついた自分が、人間的にどこか足りない部分があるのではないか、と思い始めた。

よう子は家に閉じこもり、一日じゅう草案に掛かりきりとなった。

気を抜くと、先ほどの憶測の来襲をうけた。そのたびに泥沼に足を取られたような気持ちになり、仕事に支障をきたすのが、ひどく疎ましかった。

26

〈紅茶を飲み、果物を少し食べて、やっと人間らしく感じ出した〉

〈私に必要なのはごくわずかである。一日二回のおいしい食事、タバコ、関心をひく本、ちょっとした書きもの。これが私にとって生活のすべてだ〉

〈『ドクトル・ジバゴ』を読んでいる。おもしろいが、魂をゆさぶらない〉

本間は番台で『波止場日記』を読みながら、いかにもホッファーらしい一節に出会うと、しみじみと懐かしかった。簡潔で、報告的で、それでいてこちらに想像をふくらませる余白がある。

しかし本間がもっとも驚いたのは、五十六歳になるホッファーが、三歳になろうとする息子について記した箇所の多さだった。

6月12日　保育園の引けどきに、エリックに会いに行きたいという衝動と午前中いっぱい戦っていた。孤独感によって、息子に対する愛着はいっそう強まっている。

6月15日　帰りのバスの中で突然頭に浮かんだ。私が生まれてきたのは息子ただ一人のためである。

6月22日　ずっとリリーと息子のことが頭から離れない。抑制策（週に一度しか会わない）をとっている。頻繁に会いすぎてはならない。私は一人で死んでいくつもりだし、寂しさを感じたところでもう手遅れである。

11月28日　シャワーを浴びながら息子のことを考えていた。

この手の記述はまだまだあったが、高校時代はほとんど読み過ごしていた。まあ、男子高生が興味を持たなくても当然だろう。

久しぶりに読み返してみて思うのは、自分が意外なほどホッファーの影響を受けていたかもしれないということだ。ホッファーは自分が理想とするワークライフバランスを追い求めた結果、サンフランシスコの波止場に行きついた。本間は自分が理想とするワークライフバランスを追い求めた結果、この店に行きついた。この店こそ本間にとっての波止場だったのだ。そのことを、かすみに教えられた気がする。

かすみは短編のなかで、本間がホッファーを奨める理由を「伝道師の情熱」に喩えていたが、それも的を射ているように思う。なにもごちゃごちゃ難しく考える必要はなかったのだ。俺は自分がいいと思った本を人に奨めたくて古本屋になった。それでいいじゃないか。なぜそんな簡明な想いを見失っていたのだろう。

なおも『波止場日記』を読み続けると、次のような一節を見つけた。

〈この先どうせ二、三年の命。波止場で週に四日仕事をして、断片的な思索と著述をし、リリーや息子と過ごして金を使うといった生活になるだろう。熱中すること、希望に満ちたこと、予想外のことは何も起こらず、あまり成長もしない。それでも、耐えていける〉

本間はこの箇所を読み、「俺は耐えていけないな」と思った。まだまだ熱中すること、希望に満ちたこと、予想外のことが欲しかった。

そこでふと、昨晩読んだゴッホの手紙の一節を思い出した。

〈人生のやり直しをして、違った望みを抱くには、歳をとりすぎた。そういう望みは、もはや僕を去った〉

早すぎる晩年にこんなことを記さねばならなかったゴッホには、同情を禁じえなかった。けれどもそれは生者の驕りと言うべきだろう。いずれ我が身もおなじように儚くなるのだから。

しかし本間は、ホッファーやゴッホの「死を忘れない（メメント・モリ）」姿勢に健全な距離感をおぼえた自分に、ひとすじの光を見た。俺はまだ死んじゃいない。この店や本たちと、へその緒を取り戻せる。自分なりの藍（あい）を建てる時間は、まだ充分に残されているのだ。


午後、希子が近藤を連れてやって来た。

「はじめまして、近藤です。わはは、やっとりますね、千本ノックフェア。こりゃパワハラレベルですな」

「パワハラってなによ。無駄口叩（たた）いてないで、さっさとご説明して。本間さんだってお忙しいんだから」

すると近藤は笑みを納め、

「いまは体験型書店のニーズが高まっとるんですわ」

と、いきなり本題に入った。

「たとえば泊まれる本屋。飲める本屋。読書仲間（よみとも）が見つかる本屋。著者と交流できる本屋。一冊の本だけを売り続ける本屋。さまざまです」

「一冊だけの本を、どうやって売り続けるんですか？」

本間は目を丸くしてたずねた。

「よくぞ聞いてくれました」

近藤がピッと人さし指を立てる。

「その一冊から派生したものを展示して、特装版やレプリカを販売したり、著者が売り場を訪れて客を呼び込むんです。だから絵本やアートの本とかがやりやすいんですが、それだけとは限りません」

「なるほど」

「で、僕がこちらのお店と組んでやりたいのもそれ。聞きましたよ、竹宮よう子さんとのこと。僕は文芸編集人生を送るにあたって、『絶対使わんとこ』と決めたフレーズが一つだけあるんですが、今回ばかりはそれを使わせて頂きます。事実は小説より奇でんな」

「ははは」

本間は強張った笑みをうかべた。

「今回のコラボ案の柱は、ずばり四つ。ここでしか読めん本。ここでしか見れん展示品。会える著者。会える登場人物。これです。そもそも作家と作品の関係というのはドストエフスキーも言うてるとおり――」

「はいはい、ゴタクはいいからさっさと中身を説明して」と希子が先をうながす。

「いま順を追って話してるんやないか。えーっと、どこまで話したかな……ほら、忘れてもうたやないか」

「コラボ案の中身だってば」

「そやそや」

「漫才みたいですね」と本間が笑う。

「こうしないとこいつ、いつまでもウダウダ続けるんですよ」と希子はあきれ顔だ。

近藤が続ける。

「じつはいま、竹宮さんに小中高の短編を一つずつ仕上げてもらっています。このあと大学時代も書いてもらいます。つまり、盲目の女性が社会に出るまでの魂の遍歴を描いた連作短編集ですわな。僕はこの四編を、当分のあいだ、この店でしか読めんようにしたろ、と思てるんですわ」

「どういうことですか」

「四編を別個に何冊かずつ製本して、こちらの店に置きます。そして小学校のお話の前には〝米つぶのラブレター〟の実物をディスプレイします。中学校のお話の前には、竹宮さんが実際に作ったテープ劇を置いて聴けるようにします。高校のお話の前には、本間さんが贈られた白のワンピースを。大学のお話の前には、なんやろ、とにかく何か飾ります。

お客には入場料を払ってもらい、珈琲でも飲みながら心ゆくまで物語を愉しんでもらいます。読んではディスプレイを眺め、眺めては物語に戻り。竹宮さんにも定期的に足を運んでもらい、読者と交流してもらいましょう。この世界観を気に入ったお客さんには、お土産にサイン入りの限定本を買ってもらいます。

これだけでも結構おもろい趣向なのに、この物語に出てくるカザマ君が、この店の店主やってわかったらどないです？　バズると思いませんか。せやけどその物語はこのお店でしか読めない。お客さんが殺到しまっせ」

「とても夢のあるお話ですが……」

　おずおずと言いかけた本間を、近藤が手で制した。

「二階、使えませんかね？」

「はい？」

「二階をカフェ＆ギャラリースペースに改装するんです。名づけて『神楽坂ブックラボ』。ラボには実験室とか研究室という意味のほかに、写真の現像室という意味もあります。今後こちらの店で、一冊の本とそこから派生した物(ブツ)を販売していくにあたって、ぴったりの命名やと思いませんか」

「思いますけど、僕はどこで暮らしたらいいんでしょう？」

「どっかないですか。最悪、僕のうちなんかどうです。ちょうど使ってへんソファが一つあるし」

　希子が目で「申し訳ありません」と伝えてきたが、先ほどからプランを聞いているあいだに、本間の腹は決まりつつあった。

「わかりました。どうにかしましょう。もちろん近藤さんのうちに転がり込むわけにはいきませんが、いざとなればアパートを借りたり、店に寝袋で泊まり込んだり、どうにかなるでしょう。僕もちょうど勝負してみたいと思っていたところなんですよ。竹宮さんじゃありませんが、僕も自分なりの藍を建てようと思います。で、二階の改装費はどれくらい掛かりますかね？」

「あのぅ、ほんまにいいんですか？」

「なにがです」

「そんなにすぐ決めちゃって」

「いいんです」

「大丈夫ですか、ほんとに」と希子も心配そうだ。

「大丈夫です」

「いや、驚いた。ほなら至急、社に戻って座組みを考えます。うちもできる限りのことはさせて貰いますんで」

「ありがとうございます。ところでおたくの会社は、どこで儲けるんですか。入場料やサイン本の上がりだけじゃ、S社には微々たるものでしょう」

「ご心配いりません。うちはバズったあと、本にして全国書店で売らせてもらいますんで。言い方は悪いですが、こちらでの先行公開は見本的な役割もあるんです。新しい宣伝のかたちですな。だから特定の新刊書店さんと組むのは具合が悪いんです」

「なるほど。どうしてうちと組まないんだ、ってなっちゃいますもんね」

「ええ。書籍化と同時に、ドラマ化やアニメ化も仕込んでいきますんで」

「広瀬――いや竹宮さんも、この件については承諾済みなんですね？」

「もちろん。もう執筆に取り掛かってもらってます。それじゃまた」

翌日は木曜だったので、本間はふうちゃんをお迎えに行った。これで会えるのは、あと九回。夜、布団の中で『星の王子さま』を読んでやると、ものの五分でふうちゃんの目ぶたがくっつきそうになった。

「はい、今日はここまで」

ぱたんと本を閉じると、コトンと眠りにおちた。

本間はその寝顔を見つめながら、

――どうやら俺の人生は、木曜日に誰かに朗読してやることになっているらしいな、と思った。

27

故郷の教育委員会から、「中高生のための読書シンポジウムにパネリストとして参加してくれないか」と希子経由で依頼があった。

「どうします、よう子さん？」

「もちろん引き受けるわ」

「かしこまりました。今回はうちのサイトを見てのご依頼なんで、わたしもご同行しますね」

「ありがとう。心強いわ」

「日帰りでよろしいですか」

「うん。会場はどこ？」

「えーっと、市民ホールですって」

「あ、図書館の隣だ」

「えーっ、図書館めっちゃ見たい！」

「どうってことない普通の図書館だよ」

「でも、作品の舞台になった場所じゃないですか。見せて下さいよ」

「まあ、そこまで言うなら……」

当日は希子がマンションまで迎えに来てくれた。タクシーで新宿駅まで出て特急に乗る。希子がひじを貸してくれたので移動はスムーズだった。指定席に腰をおろし、アンも足元に伏せると、列車が出発した。目的地までは二時間弱の道のりだ。

まずは腹ごしらえとばかり、サンドイッチをつまんだ。

「原稿のほうはいかがですか」

「そろそろ中学校の話は出来そうよ」

「楽しみです」

「その次の大学のお話は、まだ構想段階なんだけど」

「すみません、なんか近藤が急かしちゃってるみたいで」

「ううん、いいの。ただ、大学時代のキー・アイテムを何にするかでずっと迷っててね。点字電子手帳がよかったんだけど、なかなか見つからなかったから」

「なんですか、それ」

「一言で言っちゃうと、視覚障碍者のためのモバイルパソコンみたいなものかな。もちろんあの時代は通信機能なんて付いてなかったけど。

電子手帳には点字キーボードと点字ディスプレイがついてるの。それで大学の講義ノートを取ったり、メモや手帳として使ったり。点字データを取り込んで、電子書籍のように使ったりもしたわ。あとはお気に入りの歌詞を入れといて、カラオケ屋でそれを指でなぞりながら歌ったりね。とにかくどこへ行くにも一緒だった」

「めっちゃいい相棒ですね。なんか時代を先取りしてるし。それ、見つからないんですか?」

「ずっと探してたんだけど、最近ようやく見つかった」

「じゃあ、展示品として?」

「うん、使えると思う。これで原稿も組み立てられるし」

「よかった。それ絶対、いい作中アイテムになりますよ。あ、タマゴサンドも召し上がります?」

「ええ」

希子が手にタマゴサンドを載せてくれる。

「話は変わりますけど、本間さんがお店の二階を改装してくれることになりました。住むところは無くなっちゃうけど、いざとなったら寝袋に包(くる)まって店で寝るから大丈夫って」

「そう」

よう子は口辺に微笑を浮かべたが、さて本間はそんな無骨なことができるタイプだったかとすこし訝しかった。本間らしいジョークと言えなくもないが、本当のところはわからない。二十二年の歳月は、ひとの性格を変えるのに充分だ。

駅に着くと、タクシーで現地へ直行した。主催者に挨拶するまでに一時間ほど余裕があったので、まずは図書館に向かう。希子は入口にたたずみ、

「ここでよう子さんはマフラーをお渡しになったんですね？」と言った。

よう子は頷いた。まるで昨日のことのように思い出せる。右側の電灯の下だ。

「中庭のベンチはどちらですか」

「あっち」

よう子は半歩先に立って案内した。図書館の道なら隅々まで憶えている。

「ここ。奥から二つめ。まだ正面に時計ある？」

「あります」

「じゃあ、変わってないわ。いつもその正面に座ってたの」

二人はそこまで行き、腰をおろした。

「とても気持ちのいい空間ですね。眺めもよくて」

「当時の有名な設計家に頼んだそうよ」

「ここで本間さんに、ホッファーを読んで貰ってたんですね」

「うん」

よう子は大きく空気を吸い込み、閉じられている目をさらにきつく閉じて記憶の階段を降りて行った。十八歳の夏。大人たちが言うように、「人生でもっともいい時期だ」なんてちっとも思えなかった。どうやって生きていくべきか。それが知りたくて、むさぼるように本を読んだ。本が先生だった。本間はホッファーという新しい先生を見つけて来てくれた。木曜のリーディングタイム。夏の匂い。本間の声。夏の景色。ここから見える景色が、よう子にとって最後の色のある世界だった。

「図書館の中も覗いてみますか？」

「ううん、大丈夫」

「じゃ、ぼちぼち行きましょうか」

「うん」

会場へ行き、主催者に挨拶を済ませると、世話係の女性から段取りの説明があった。

「会場は子どもたちや保護者で盛況です。本を読むことの素晴らしさ、大切さを子どもたちに伝えて下さい」

すこし地元の話も聞いた。ご多分にもれずこの町も高齢化が進み、商店街のシャッターはほとんど閉じられているという。

開始時刻がきた。希子とアンは、舞台袖で見守ることになった。

シンポジウムは順調に進み、よう子の出番となった。簡単なプロフィール紹介があったあと、よう子は話を振られてマイクを手に取った。

「点字と普通の活字に、本質的な違いはありません。なぜなら、読書の根本にあるのは、〃人生をより良く生きたい〃と願う心と、〃世界をもっとよく知りたい〃という好奇心だからです。この二つが、書物へと自分を導いてくれます」

よう子はマイクを握り直して続けた。

「わたしは『自分の目が見えたらどんなにいいだろう』と何度も思ったことがあります。そうしたらもっとたくさん本が読めるのに。もっとたくさんの出会いがあるのに、と。

読書はどんなに孤独な作業に見えたとしても、つながることです。著者とつながる。人とつながる。自分の思い出とさえ、つながることがあります。

たとえばわたしは高校時代、ここの裏にある図書館に通いつめました。目はほとんど見えなくなりかけていましたが、そのことを知った同級生が、エリック・ホッファーの『波止場日記』という本を見つけてきて、中庭のベンチで朗読してくれました。ホッファーも七歳で失明し、十五歳でまた目が見えるようになった人物でした。

ホッファーは、孤独な魂を抱えて生きた人です。その本に深く共鳴していた同級生も、きっと孤独だったんだろうなと今になって思います。わたしもまた目が見えなくなり始めて不安な時期でした。いわばわたしたちは三つの孤独をベンチに持ち寄っていたのです。

けれども『波止場日記』を朗読してもらっているあいだ、わたしは全く孤独ではありませんでした。つながっていたからです。だれと？　ホッファーや同級生と。自分の過去や未来とです。本にはそういう力があります。つらい過去を消化させてくれたり、不安な未来を切り拓いていく力をくれたりするのです。

　みなさんは目が見えます。それを使わない手はありません。今日は帰りに本屋さんや、図書館に立ち寄ってみてください。ちなみにわたしの記憶が確かならば、ホッファーの波止場日記はCの3という棚にあったはずです」

　ぺこりと頭を下げると拍手に包まれた。つながった、と思った。

閉会後、控え室でほかの登壇者やスタッフたちと談笑した。誰もがシンポジウムを無事に終えることができた余韻を楽しんでいた、その時——

「かすみ」

　ドア付近から声がして、よう子の心臓は凍りついた。母だ。

「ほら、電子手帳もってきてやったよ」

　よう子は机や椅子にぶつかるのも構わず——むしろそれらを蹴散らすように——、早足でドアへ向かった。

「こっちに来て」

　母を廊下に連れ出す。「郵送してって言ったでしょ！」

「ふん、必死だね。そんなにわたしが恥ずかしいか。九年ぶりに連絡してきたと思ったらこれかよ。なにが『人とつながることです』だよ。嘘ばっかりこきやがって」

母の声は大きくて中に聞こえてしまいそうだった。よう子は点字電子手帳をひったくるように奪うと、声を押し殺して言った。

「早く帰って。もう連絡しないで。顔も見せないで」

「偉くなったもんだね。誰が育ててやったと思ってんだ。なにが『書評家の竹宮よう子です』だ」

よう子は苦悶に顔を歪めた。するとアンがこれまで聞いたことのないような低い唸り声をあげ、母の足元にまとわりついた。母は「しっ、しっ」と追い払ったが、やがてあきらめ、舌打ちを残して立ち去った。

「お騒がせしました」

よう子は頭を下げ、逃げるように会場をあとにした。

帰りの電車のなかで希子にも謝った。

「ごめんね。いつだったか希子ちゃんに、『母は亡くなった』と言ったよね。だけど嘘をついたわけじゃないの。母とはわたしが三十一歳のとき縁を切ったから、それで……。今回の電子手帳の件がなかったら、連絡をとることもなかったと思う」

「そうでしたか……。なんか却ってすみませんでした」

「ううん。希子ちゃんが謝ることじゃないでしょ。わたしの身から出たサビ。ほんとに恥ずかしいところをお見せしちゃって」

「でも、そんなに難しい関係とは知らず、『お母さんのことを書いてください』だなんて軽々と口にしてしまって」

「いいのよ。書くことで踏ん切りがついた部分もあったし」

よう子はきちんと説明責任を果たさねばならぬ気持ちになった。

「わたしは大学を出てからずっと、福祉事務所で働いていたの。三十歳のとき、母がわたしの貯金を使い込んでることが発覚した。酒にタバコにパチンコ。ほかにもあったかもしれない。あとこれはあまり口外できないんだけど、わたしの障碍者支援のタクシーチケットを換金したりして。そのとき何かがプチンと切れた。わたしは通帳とハンコを会社に持って行って隠し、所長に事情を説明した。そして一人暮らしに向けて秘密で動きだしたの。部屋を借りて、母がいないときに引っ越しをして、ケータイも替えた。しばらくは付き纏われたけど、そのうち向こうも諦めた」

「そんなことがあったんですね」

よう子は奥歯を噛んだ。零れさせまい、と堪えてみたが、涙があふれて顔じゅうを濡らすのにあまり時間は掛からなかった。きっとひどい顔になっているだろう。こんなみっともない姿を晒すくらいなら、目なんて初めから付いてなきゃ良かったのだ。どうせ何も映さないポンコツなのだから。

希子が優しく背中をさすってくれた。

「シンポジウムでのお話、すばらしかったですよ。よう子さんはわたしが思っていた通りの人でした。本の素晴らしさを伝えて、人々に本を手に取らせることができる存在。それもこれも、おつらい経験があったから。無駄なことなんて、なに一つなかったんだと思います」

希子が手を添えてくれた背中の一点から、じんわりと温かさが広がった。よう子は泣きやんだ子どものようにそのまま眠りについてしまいそうになった。

28

不動産屋から〈来週、内見に伺ってもよろしいですか〉とメールが届いていた。

しまった、と本間はつぶやいた。すっかり忘れていた。すぐに返信する。

〈申し訳ありません。じつは店の二階をギャラリー&カフェスペースに改装して勝負してみようということに急転直下決まりまして……。売却はいったん保留にして頂けますか。ご連絡が遅くなり、まことに申し訳ありません。

ところでわたしは、住む場所がなくなってしまいました。店に自転車で通える範囲で、できるだけ安いアパートを紹介して頂けませんか?〉

返事がきた。

〈おお、そうでしたか！　かしこまりました。売り物件情報は取り下げておきます。できるだけ安いアパートとのこと。早稲田(わせだ)や高田馬場なら学生街なので、三万円代から結構あります。いくつか添付いたしますが、今日び、学生ですら敬遠するような所もあるのでご覚悟のほどを(笑)。内覧をご希望でしたら、いつでもご案内いたします〉

本間は添付されていた物件情報をクリックした。

高田馬場　徒歩20分　9平米　4万2千円　風呂なし　トイレ共同
早稲田　徒歩8分　13平米　4万6千円　風呂なし　洗面トイレ共同
高田馬場　徒歩12分　6平米　3万2千円　共同トイレ使いたい放題！(使用料無料)

トイレ使いたい放題を謳(うた)い文句にするということは、金を取る所もあるということか?

ほかの不動産サイトでも検索してみたが、似たような物件ばかり出てきた。

「家賃は四、五万みとけばいいか」

　問題は改装費である。先日、近藤の紹介で青山さんという人に見積もりに来てもらった。カフェの内装などを手掛ける売れっ子の設計家だという。青山さんはパーカーに野球帽というラフな格好で来たから若く見えたが、歳は本間より少し上だろう。

「ここは元がいい感じの古民家なんで、あまり手をかけずに改装できますよ」と言うので期待したが、届いた見積もり総額は三百七十八万円。これにはカフェで使うテーブルや照明や什器類まで含まれているというが、引っ越し代や諸経費まで入れたら四百万を優に超えるだろう。

「さすがにこの金額はちょっと無理です」

　と近藤に伝えた。

「そうでっか。青山さんはイケてるし、コンセプトの理解も早いんで、できれば頼みたかったんですけど……。いっそのこと、クラウド・ファンディングにでも掛けてみますか?」

　本間は首を横に振った。そういった手法には、どこか尻込みしてしまう。百人のスポンサーがいるということは、百人の監視者がいるということだ。少なくともその「目」は気になってしまう。本間は最後の勝負の積もりでいたから、そうした要素はなるべく取り込みたくなかった。

「せやけど、手作りでの改装は絶対にあきまへんで。神楽坂テイストは死守せんと、台無しになってしまいます」

近藤の言いたいことはよくわかった。本間は学生時代から「セレクト系ブックカフェができた」と聞けば必ず足を運んできた。ゆえに表参道系や中央線系とはちがう、神楽坂系テイストというものも理解しているつもりだった。

それを一言でいえば、「山の手と下町の融合」ということになるだろう。遊びの中にも品性の裏打ちがあり、古い風情の中にも現代的なセンスが光る。高級店は高級店らしく、庶民店は庶民的に。それぞれの分限をまもりながら、焼鳥もフレンチも和菓子もカクテルもおでんもスイーツも本物志向で勝負する。そして大人の粋と洒脱さの現代的な解釈をめざすのだ――。

こんなあたりが神楽坂の一般的なイメージだろう。店の二階は、それにうまく溶け込めるスペースを目指さねばならない。

「でも、四百万は出せんよなぁ」

本間のボヤキが店内に木霊したとき、店の前にタクシーが停まった。ハザードを出し、こちらにやってくる男がいる。滝川だ。

「まいど。どうよ、あれから」

「いや、どうってことないけど、お前、あんなとこ停めて大丈夫?」

「ちょっと寄っただけだから。いま、そこまで客乗せたんで」

滝川の制服姿を見るのはこれが初めてだった。白い手袋までしている。

「じつは二階をギャラリー&カフェに改装することになってさ。いまその見積もりが届いたとこ。四百万だってよ。あと、二階から出て行かなきゃいけなくなった」

「んだよ。どうってことありまくりじゃねーか。改装費はクラウド・ファンディングでよくね？」

本間は苦笑した。滝川よ、お前もか。

「苦手なんだよ、そういうの」

「だけどいまどきのクラウド・ファンディングは、友達とか知人にだけ募集をかけられるんだぞ」

「えっ、そうなの」

「だから昔でいう頼母子講（たのもしこう）とか無尽講（むじんこう）なんだよ。困ってるもん同士が、仲間うちで融通しあう。普通のことじゃねーか。横文字にするからあれなんでさ」

「お前、なんでそんなこと知ってんの」

「タクシー運転手の暇さを甘くみんなよ。休憩中も休みの日も、ずっとスマホニュースとか見てんだからさ。それに俺も個タクになるときは、仲間うちのクラウドでアルファードのいい仕様にするつもり。リターンはタダ乗りチケットだ。そんときはよろしくな」

「ああ、精いっぱい支援させてもらうよ。だけどお前、俺に『店は早く諦めたほうがいい』って言ってなかったっけ。そのほうが傷口も小さくて済むから」

「そうなんだけどよ。ほんと言えば、お前には俺の分まで頑張ってほしいんだよ。それにおめー、いまさら会社員に戻れっか？　自営業とタクシーは三日やったら辞められねぇぞ」

「たしかに」

「子どもの件はどうなった？」

「あっちは諦めた。紹介してもらった弁護士にもメールで相談したんだけど、勝ち目はありませんって言うし」

「そっか。でもまあ、子どもなんて育っちまえば――」

　プー、と外からクラクションの音がした。

「あ、いけね」

　滝川はあわてて外へ向かいつつ、「仲間うちでクラウドすんなら連絡くれよ。またこっちからも連絡すっからよ～」と言った。

　本間も見送りに出て、眉（まゆ）をひそめるベンツの運転手にぺこりと頭をさげた。

　滝川は発進すると、あらためてハザードランプを点滅させた。後続車への謝罪か、それとも本間への別れの挨拶か。かちかち点滅するランプが、滝川のせっかちさを連想させて可笑しかった。でも、気にかけてくれたのは有り難い。持つべきものは友だちだ。それだけにクラウドのような形ではあれ、金のことは絡（から）めたくなかった。

おそらく融資は受けられるのだ。店を担保に入れれば。店の売り上げで返せる自信がないから、二の足を踏んでいたのである。

ホッファーならどうする？

胸中で問いかけると、こんな答えが返ってきた。

「そもそも店なんか持つからいけないいんだ。あれだけ言っただろ。いつでも放浪に出られる身軽さを確保しておけって」

ごめんなさい、とあやまり、第二のホッファーを呼び出す。

どうすればいいですか？

「働け。俺は六十五歳になるまで波止場で肉体労働をしていたぞ」

ふむ……。

店を存続させるためにアルバイトするのは、必ずしも本末転倒ではない気がした。なぜなら店を続けることには〝店を続けること〟以上の何かがあるように感じられるからだ。

第一のホッファーも、そのことは否定しまい。

「お前にとってそれが大切なことなら、そうすればいい」

そんな声が聞こえた気がした。

本間は組合名簿から、ネット専業でやっている仲間の連絡先を探した。

29

よう子は予期しなかった母の来襲からなかなか立ち直ることができなかった。あの醜態を、希子やシンポジウムに呼んでくれた地元の人々に見られたのかと思うと、ダメージはことのほか大きかった。

原稿も手につかなかった。本来なら大学時代の話に着手しているはずだったのに……。

——どこまでも、足を引っ張る。

そう思わざるを得ない。

ところが悶々と日を重ねるうち、よう子の心境に微妙な変化が兆してきた。母との関係において、自分にも足りない部分があったのではないか、と思うようになったのだ。

育ててもらった恩と、与えられた苦痛。その二つを天秤にかけて、自分は断絶を選んだ。今までそう思ってきたし、その判断に間違いはなかったと思っている。あの時はそうしなければ自分が保たなかった。

しかし母を切り捨てたことを正当化する作業を、こうして繰り返しているうちは、本当の意味で関係を清算したことにはならないのではないか。心に泥沼を抱えたままだ。四十歳にもなって、その泥沼にいつ足を取られるかわからない恐怖と闘いながら、生きねばならぬとは……。

よう子はあらためて、母から与えられたものを数えあげてみた。

衣。食。住。教育。そのための度重なる引っ越しと、煩瑣な手続き。爪切り。髪切り。誕生日のお祝い。手づくりの手提げ袋。洋服の修繕（高校時代に草木染めの世界に魅せられたのは、じつは洋裁学校を出た母の影響ではなかったか？）。生理痛への対処法。通院の付き添い。嘘をついたコダマの家に怒鳴り込んでくれたこともあった。そして面罵されたことも、振り回されたことも、使い込まれたことも。それらすべてが母なのだ。気分屋で、不器用で、嘘つきで、時おり優しくて、かわいそうな人。

赦そう、と思った。

少なくともその方向へ心を拡げていくのだ。

それでもどうしても泥沼を埋めきれなかったら、赦したうえで訣別すればいい。

近藤からメールが届いていた。

「いやー、中学時代の原稿も良かったです。やっぱり〝櫻の園〟はええですね。僕の乙女ごころがキュンキュン鳴りました。カセットテープ、早よ聴きたいです。大学時代の話も、キリンより首を長くしてお待ちしております。

シンポジウム。竹宮さんのお話がめっちゃ良かったと希子殿から報告がありました。図書館の中庭のベンチもええロケーションみたいですね。ちょいと使ったろか、といま作戦を練っております。

本間さん、二階を改装するために夜間の警備バイトを始めました。申し訳ないやら、なんやら。でも、本人はいたって意気軒昂な様子。みんなで盛り上げていきましょう！」

メールソフトを閉じると、よう子は静かに呼吸を整えた。ひさしぶりに原稿へ気持ちが向かっているのを感じる。

よう子は胸中で目を閉じた。すでにコツは摑んでいる。

やがて過去の国へ降り立つと、そこにはかつての大学の同級生たちが跳梁していた。

最終章の草案が動き始めた。

30

本間が引っ越して初めての木曜日がきた。

引っ越したのは早稲田界隈のアパートで、その気になれば店まで歩いて通えた。風呂はついてないが、自分専用の使い放題の無料トイレはついている。

金融公庫へ融資を申し込むと、担当者は「審査は問題なく通るでしょう」と言った。不動産の担保は何よりも大きいらしい。

警備のアルバイトは週三日。夜の十時から朝の五時まで。「寒さのキツくなる冬場は週二回にするといい」とここを紹介してくれた組合仲間は言った。本間の計算では、もし店がダメでもこのペースでバイトを続ければ三年で完済できる。

バイト明けの日は昼に店を開けた。フェアはあいかわらず新規開催しており、いまや店じゅうポップだらけだ。設計家の青山との打ち合わせも頻繁におこなった。宅買いの打診があれば買いつけにもおもむく。忙しい日々だ。

夕方、ふうちゃんをお迎えに行った。

まず店に連れて行くと、ふうちゃんは伽藍堂（がらんどう）になった二階を見て、いたく幼児心を刺激されたらしい。横になってごろごろ転がったり、でんぐり返しをしたり、おかげですこし床が綺麗（きれい）になったようだ。

「お父さん、ここどうなるの？」

「絵やグッズを飾ったり、珈琲（コーヒー）やジュースを飲みながら、本が読める場所になるんだよ」

「えー、見たい！　ふうちゃんがアメリカに行くまでにできる？」

「あー、うん。頑張ってみるよ」

「このあと、お父さんの新しいおうちにも行くんでしょ？」

「うん」

「おっきい？」

「おっきくはないけど、なんて言うかな、ふうちゃんと仲良くできそうな家だよ」

「早く行きたい」

「よし、行くか。自転車で行くけど、お父さんむっちゃ飛ばすから、振り落とされないようにしろよ」

熱海湯でひとっ風呂浴びてから、アパートに向かった。四畳半の部屋を見たらなんて言うかと少し不安だった。

ふうちゃんは部屋に入るなり、「わお」と言った。「あんまり大きくないね」

「そう？　でもふうちゃんのためにこれを買っておいたぞ。じゃーん。新しいパンケーキ焼きプレート」

「おおぉっっっ！」

予想以上のリアクションに、買っておいてよかったと充足感を覚えた。

早速、二枚焼いてみた。

「ほい、できた。メープルシロップも新しいのを買っておいたから、今日は特別にたっぷりかけていいよ」

「わーい、いただきまーす」

ふうちゃんが大きく口をあけて頰張った。

「どう、おいしい？」

「おいしいに決まってるじゃん」

本間は目を細めてわが子を見た。ふうちゃんの帰国は何年後になるか分からない。息子の記憶に残る父親の最後の景色が、このしょぼくれたアパートになるのはすこし淋しい気がした。この子に生まれ変わった店を見せたいと思った。ぴかぴかになった店を。そこでばりばり働く自分を。店も人生もリニューアルだ。

本間は青山と近藤にメールを打った。

「息子が旅立つ前に改装を終えたいのですが、間に合いますでしょうか？」

近藤から返事がきた。

「ちょうど内装のことでご連絡しようと思ってました。青山さんと一緒に本間さんの故郷の図書館へロケハンに行きませんか？　じつは先日、希子殿が竹宮さんのお供で行ったのですが、とてもいい空間だったとのこと。それならその景色を二階の改装コンセプトに取り入れようか、と青山さんと盛り上がってたんです。まあ再現と言ったら大袈裟なので、借景に。青山さんにイメージを膨らませてもらうためのロケハンです。ご検討ください」

あの図書館が特別すばらしいロケーションとは思えなかったが、同行するのは構わない。

本間はいくつか日程を出した。

ロケハンには近藤、希子、青山、本間の四人で行った。

最寄駅からタクシーに乗り込むと、近藤が助手席から振り返り「いやー、早くも聖地巡礼の気分ですやん」と言った。

「こいつ、昨日からやたらテンション高くて面倒くさいんですよ」と希子が言った。

どこにでもある地方図書館の訪問をこれほど面白がれるのは、優秀な編集者の証なのだろうか。故郷を褒められて悪い気はしないが、ゴッホが手紙で日本を褒めちぎっている時のようなこそばゆさを覚えてしまう。

図書館に到着すると、まずは中庭へ向かった。

「奥から二つめ、二つめ、と。……あっ」

近藤が小さく叫んだ。そのベンチには高校生のカップルが座っていた。青山が「ほう」と声をあげる。

男の子は前髪を垂らした今どきの優しげなタイプ。女の子は色白だが、スポーツでもやっていそうな活発なタイプに見えた。おしゃべりに興じる二人は、箸が転がっても可笑しい年頃とはよく言ったもので、白い歯が何度もこぼれる。

年齢のわりには二人ともずいぶん幼く見えた。

あんな感じだったんだろうな俺たちも、と本間は思った。気持ちだけは大人の世界へ先走っていたが、傍目には、てんで子どもだったに違いない。二十二年なんてあっという間だった。君らのいる場所から俺たちのいる場所へはあっという間だぞ、と教えたら二人はどんな顔をするだろう。

「あ、気づかれた」希子が言った。「みんな、しらんぷりして」

本間と近藤はわざとらしく談笑を始めたが、青山はツカツカと彼らのもとに歩み寄ると「君たち、ここらへんの高校生？」と話しかけた。きょとんとする彼らに青山は事情を説明し、顔を写さないことを条件に写真のモデルになってもらう承諾をとりつけた。

青山は「ここにはよく来るの？」とか、「ひょっとしてこのベンチにこだわりある？」などと訊ねながら、寄りと引き、さまざまなアングルで写真を撮った。聞けば二人は鶴高の生徒で、本間の後輩だった。女の子はラクロス部に所属しているという。そんなハイカラな部が出来ていたなんて知らなかった。

「はい、オッケー。ありがとう。店がオープンしたら連絡するから、ＬＩＮＥ交換しよう」

男の子の方が、青山とＬＩＮＥを交換した。

そのあと四人は図書館へ向かった。玄関で希子が、「ここでマフラーをもらったんですよね」と言った。本間は頷いた。マフラーは紙袋に包まれており、軽いので「なんだろう？」と思ったことを思い出した。

「あのマフラー、まだお持ちですか」

いや、と本間は苦々しげに首を振った。じつは友美と付き合いだして初めての誕生日に新しいマフラーをプレゼントされ、処分したのだ。

図書館に入ると本間は『波止場日記』を探してみた。あった。でも新装版だ。周りにはホッファー関連の著書も並んでおり、若い世代が書いた研究書らしき本まであった。ずいぶんご無沙汰してしまったが、いまだにホッファーがアクチュアルな思想家であるとわかり、ちょっと嬉しかった。

思い思いにぶらぶらしたあと、タクシーに迎えにきてもらって帰途についた。電車の中で改装コンセプトを話し合っているうちに新宿駅に着いた。

近藤と青山は用事があるというので、そこで別れた。

「軽くご飯でもいかがですか」

希子に誘われ、二人で南口の沖縄料理店に入った。海ぶどう、テビチ、ゴーヤチャンプルを注文して、オリオンビールで乾杯する。

移動で疲れていたので酔いが進んだ。

希子もそうらしく、いつもよりとろんとした目つきで「ひとつ伺ってもいいですか」と言った。「オフレコ案件なんですが」

「どうぞ」

なんとなく質問の方向性は予想がついた。

「本間さんはよう子さんのことを、どう思っていらしたんですか。もしあのとき……」

友美さんの邪魔が入らなかったら、と言いたいのだろう。

本間は沈黙した。大学に受かったら告白しようと思っていたことは事実だ。でも今更それを言ったところで始まらないし、あまりに昔のことすぎて自分のことという感じが薄い。まるで昔みた映画のワンシーンのようですらある。

本間は希子を落胆させることを承知のうえで、「もう、あんまり覚えてないや」と答えた。「彼女のことを好もしく思っていたことは事実だけど」

「そうですか」

希子はやはり落胆したようにつぶやいた。


アパートに帰ると、友美から電話が入っていたことに気づいた。珍しいな、と思いつつ折り返すと、「もしもし」と友美が出た。

「どうした？」

「ふうちゃんから聞いたんだけど、お店、改装するんだって？」

「うん」

「家も、すっごい狭いところに引っ越したって」

「はは」

本間は肩を落とした。やはりふうちゃんはそう思っていたのか。

「お金、あるの？」

友美に訊かれ、一瞬、屈辱を感じた。

「……貸そうか？」

意外な一言に、なつかしさが胸に広がった。そうだ。これが本来の友美なのだ。まだ夫婦仲が良かったころ、友美はいつも先回りしてくれた。お節介で、心配性で、優しい女だった。

「ありがとう。でも大丈夫だ」

「そう。わたしはもう退社して、いろいろ準備してるの」

「そっか。間に合わせたいな、リニューアルを。あの子に見せてやりたいんだ、新しい店を」

新しい俺を、とは言えなかった。言えば嘘っぽくなる。

「そういえば、かすみの文章読んだよ」

「おっ、読んだんだ？」

「だってあなたが送ってくるから。感想、聞きたい？」

「聞きたい」

「細かいことは忘れちゃったけど、あのとき『二人で諦めよう』って言い合ったのは事実。だけどわたしの方は真剣じゃなかった。かすみの好きな男子だから、『わたしも好きになっちゃったかも』と思い込んでいたんだと思う。受験勉強のストレスもあったし、現実逃避するための妄想材料というか。あの年頃の女子にはそういうところがあるのよ。わかる?」

「なんとなく」

「あなたとのことを真剣に考えるようになったのは、東京に来てから。話したことなかったけど、じつはあの頃、サークルの先輩にしつこく口説かれててさ。べつに好きなタイプじゃなかったけど、『一度くらい付き合ってみてもいいかな』って思い始めてた頃で。そのとき、あなたとこっちで初めて会って、ああなって。『あ、こっちでいいか』って思ったの」

「おいおい」

「ふふふ。でも、かすみにちょっと悪いな、とは思ったよ。そのときどきの気持ちに嘘はなかったんだけど。あのあと一度だけかすみと会ったけど、あなたと付き合ってることは言わなかった。かすみには、もう会った?」

「まだ」

「そう。そんなわけだから、もし何か訊かれたらうまく言っておいて。大昔のことだけど、寝ざめが悪くなっちゃうから」

「わかった」

「それじゃリニューアル、頑張って」

「ありがとう。おやすみ」

「おやすみ」

電話を切ると本間はしみじみとした。ありがとう。おやすみ。夫婦生活の最後の方は、そんな言葉すら交わせなくなっていた。

——俺たち、やり直せるんじゃないか？

本間はそんな錯覚をふり払うのに、多少の努力を要した。

31

よう子は大学時代の原稿をアップした。

展示品もひと揃い渡した。

「視覚障碍者のために、点字本も三冊ほど用意したいんですわ」

と近藤が言うので、点字プリンターで出力したものを、よう子みずから触読校正した。これでやるべきことはすべて終わった。あとは開店の日を待つばかりだ。

「おいで、アン」

ソファの上から呼ぶと、アンはよろこび勇んでやってきた。よう子は膝まくらしながら、アンにブラシを掛けてやった。

「ごめんね、アン。あんまり構ってやれなくて。でもようやく終わったよ。今回は四つも短編を書いたから、ちょっと大変だったの。だけど、成長できた気がするな。いい子だったねぇ、アンは。わたしはあなたのおかげで、こうやって仕事ができるのよ。ありがとね、アン。大好きだよ」

アンからリラックスモードが伝わってくる。それはよう子も同じだった。荒波をくぐり抜けて、穏やかな港に入ったような気分だ。ようやく自分にとっての波止場を見つけられたのかもしれないと思った。

いまなら、すべてを受け入れられる気がした。

その晩、よう子は母に手紙をしたためた。

これまで育ててくれたことに、感謝の気持ちだけを記した。

うらみ、つらみは一切綴らなかった。

「すこし時間は掛かるかもしれないが、またいつか二人で、美味しいものを食べに行けるような関係になれたらいいと思っている」

そう書いて結んだ。

母はこれを受け取ったら、どんな風に思うだろう。怒るだろうか。悲しむだろうか。その姿をいちいち想像してみたが、よう子の心はいささかも動じなかった。

母は母。わたしはわたし。

心は森の空気のように澄んでいた。

わたしは、エンパスを克服したのだと思った。

32

深夜の高層ビルで警備をしていると、いまこんなシュールな時間を過ごしているのは世界中で俺だけだろうという気持ちに襲われる。

割り当てられたのは新宿の高層ビルだった。はじめのうちは、ひとけのないオフィスが怖くて仕方なかった。でも慣れてくると、店番とちがって歩き回れるのがいい退屈しのぎになった。

休憩に入ると、本間はスマホをとりだして検索した。

〈アメリカ　転勤　日本人の子ども　いじめ〉

日本人のブログが何件かヒットする。いずれもアメリカ転勤後、子どもが現地の学校になじめず悩んだ経緯が書かれていた。読みながら、思わず顔がゆがんだ。ふうちゃんが向こうの幼稚園で戸惑う姿を想像してしまうのだ。

夜勤があけると、アパートですこし寝(やす)んでから店へ向かった。

「ちーす」

店前で休憩していた作業員たちが挨拶をくれる。「どうもー」と本間も挨拶をかえす。工務店に合鍵(あいかぎ)を渡してあるので、彼らは朝早くから作業を始める。

店の中からひょっこり青山が顔を出し、

「届きましたよ、桐(きり)」

と嬉しさを隠しきれない様子で言った。

青山はちょくちょく顔を出して進捗(しんちょく)を確認したり、工務店に指示を出したりする。今日は自らがこだわった床材が届いたので、それを見にきたらしい。

お客に靴をぬいで二階へ上がってもらう設計に決まったとき、青山が言ったのだ。

「床は桐でいきませんか。信州の民宿に泊まったとき床に使われていたのですが、とても良かったんです。柔かくて傷つきやすいから、滅多に床には使われないんですが、そのぶん、ぬくもりや心地よさは抜群。傷もまた味になります」

本間は即座にＯＫした。正直、素材についてはよくわからなかったが、青山のセンスに一任するために借金したのだ。

本間は桐材を触らせてもらったあと、番台でノートパソコンをひらいた。近藤からメールが届いている。

〈こんにちは。造本と入場料についてのご相談です。

まず造本ですが、一冊にまとめることにしました。売ることを考えたらそっちのほうが便利なんで。活字は余裕をもって組み、全１２８頁、布クロス製。詩集みたいな、めっちゃ素敵な本です。お店で読むもよし、お土産（みやげ）に買って行くもよし。プレゼントにも最適かと。定価は二千五百円。そちらのマージンは三割でいかがですか（応相談）。

あと、二階のブックラボへの入場料はタダにしませんか。せっかく改装したんですから、そこでセコく金を取って客を逃すよりも、まず上がってもらうのが先決かと。そして展示品を見て、この本を読む気になったら、はじめて珈琲（コーヒー）代と閲読料として五百円を頂く。これでどうでしょう？〉

〈すべてその通りでよいです〉と返信した。グランドデザインは近藤に一任だ。

本間は午後から食品衛生責任者の講習へ行き、そのあと保健所へ提出する書類に必要事項を記入した。立入検査の予約も入れた。消防署にも届出が必要だ。

改装は急ピッチで進み、作業を始めて十七日目に完成した。

カフェスペースには丸テーブルが二つと椅子(いす)が六つ。木のベンチもある。地元の図書館の中庭をイメージしたものだ。そこに座ると、あのとき青山が撮った高校生カップルのモノクローム写真が視線の先にくるように飾られていた。〈実際に二人がリーディングタイムを過ごしたベンチです〉と説明書(キャプション)が添えられている。

展示品も、それぞれふさわしいディスプレイにおさまった。

小学生時代の米つぶのラブレターは額装だ。

「作中ではびりびり破いたところで終わっていますが、実際はそのあと、セロハンテープでつなぎ合わせました」著者より

「このラブレターを出したことは憶(おぼ)えています。ピンセットで米つぶを貼(は)り付ける作業はとても大変でした」カザマ君こと、〈古書Ｓｌｏｐｅ〉店主より

中学生時代のカセットテープは、年代物のラジカセの中に収まって展示された。

「著者が実際に中学時代に制作したテープ劇です。ご自由にお聴きください」

高校時代の白いコットンのワンピースは、木製ハンガーに掛けられて展示された。

「実際にカザマ君がマルイで著者に選んだワンピースです」

大学時代の点字電子手帳は、まるでガジェット博物館の展示品のようだ。

「わたしの大学時代は、この点字電子手帳なくしてあり得ませんでした」著者より

本間は本が刷り上がってきたら、三箇所に積み上げる予定だった。

一つは中央のメイン台。

もう一つはベンチから手の届くワゴン。

そしてもう一つは隅のフェアスペースだ。このフェア台にはホッファーの『波止場日記』と並べて置く。二タイトルだけのフェアだ。ポップもすでに書き終えてある。

完成の翌日は、最後の木曜日だった。

本間は弁当とジュースを買ってきて、ふうちゃんと二人きりの先行レセプションパーティを開いた。ふうちゃんは丸テーブルで足をぶらぶらさせながら、

「あー、いい匂いがするねぇ。遠足に来たみたい」

とご機嫌で弁当をつついた。

「ふうちゃん、気に入った？」

「うん。気に入った」

食べ終わると熱海湯へ行き、ひとっ風呂浴びてからアパートへ向かった。

歯を磨き、布団に入り、『星の王子さま』を読み始める。残り十二ページ。完走できるだろうか。

あと少しでゴールというところで、ふうちゃんの目ぶたがくっつきそうになる。やばい。本間は駆け足で読み進めた。そしてラストの一行を読み終え、

「はい、おしまい」

と本を閉じた。「ふうちゃん、星の王子さま、どうでしたか？」

半分眠りかけていたふうちゃんはぱっちり目をあけ、

「うーん、おうじ様がヘビと話せてすごいと思った」

「すごいよね。あと、王子さまは言ってたよね。かなしくなったら、夜空の星を見あげてごらん。そのどれかが僕だよって。お父さんもそうだよ。ふうちゃんがアメリカへ行って、さびしくなったら、夜空を見あげてごらん。ふうちゃんが『あれだ』と思ったお星さまがお父さんだから」

「うん、わかった」

本間はふうちゃんを抱きしめて、頭の匂いをくんくんかいだ。なんて健やかな子だろうと思う。これならアメリカに行っても大丈夫だ。絶対に。絶対に。

翌日は夜のバイトだった。休憩時間に小林秀雄の『ゴッホの手紙』を文庫で拾い読みしていたら、テオに宛てたこんな手紙をみつけた。

〈僕にしてくれた君の数々の親切が、今日ほど大きく思われた事はない。君の親切は本物だった。なんの結果も現れなかったと言ってくよくよするな。君の善意は消える事はない〉

精神病院に入れられ、忍び寄る死の足音を耳にしながら、弟にこんなことを書き送らねばならなかったゴッホの気持ちを思うと、胸が痛んだ。ゴッホは弟に子どもが生まれたことで、自分への仕送りが減るのではないか、という不安にも苛まれていた。

気づくと、友美からＬＩＮＥが入っていた。

〈起きてる?〉

〈うん〉と返す。

〈あさって、成田までこない？　ふうちゃんが最後にお父さんに会いたがってるし、パートナーもあなたと会っておきたいって〉

〈わかった〉

その日がくると、本間は成田エクスプレスで空港まで行き、指定された搭乗ゲートへ向かった。

——さて、どんな奴だろう……。

ゲート前に着くと、友美とふうちゃんと、青い目をした男が立っていた。

——が、外国人？

本間は目を見開いた。男の頭髪はずいぶん後退し、寂しくなってはいたが、正真正銘の金髪だった。

「はじめまして、マイクといいます」

男が握手をもとめてきた。本間は「どうも、本間です」とその手を握り返した。肉づきのいい手だった。

「マイクはボストン生まれなの」と友美が言った。

「アメリカの方だなんて、聞いてなかったぞ」

「だって訊かれなかったから」

本間は肩をすくめ、「やあ、ふうちゃん。本を持ってきたよ」と二冊の本を取り出した。

『十五少年漂流記』と『星の王子さま』だ。

「もう読んだじゃん、それ」

「読んだのはお父さんだろ。ふうちゃんは聞いてただけ。自分で読めるようになったら、もういちど読んでごらん。気に入った本は、何度でも読み返すんだ。それがいちばんいい方法だよ。わかったね」

「うん」

「向こうに行って寂しくなったら、どうするんだっけ？」

「お星さまを見て、お父さんを探す」

「そう。お父さんはいつでもふうちゃんの味方だぞ。星の王子さまにもあっただろ。大切なものは目に見えないんだ。いいかい？ 大切なものは目に見えないんだよ。だからお父さんとふうちゃんの心は、いつでも見えない糸でつながってるんだ。わかったね？」

「わかった」

無邪気にうなずいたふうちゃんの瞳を、本間は見つめた。

「お父さんは、ふうちゃんと離れるのが寂しい」

するとふうちゃんは澄んだ目で見つめ返し、言った。

「ぼくもだよ」

「ふうちゃん……」

本間は涙声と共に息子を抱きしめた。たしかにふうちゃんは言った。ぼくもだよ、と。

やっぱり俺たちは本物の親子なのだ、と背中に回した腕に力が入る。

「うう、苦しいよう、お父さん」

「あ、ごめん、ごめん」

本間はふうちゃんを解放すると、立ちあがってマイクに言った。

「マイサンいず、べりープリティ。ベリー、わんだふる。ベリー、ベリー……。アイ、ウォント……」

くそ、言葉が出てこない。本間はあきらめて、「よろしくお願いします」とぺこんと頭をさげた。するとマイクが「わかりますよ、お父さん」と流暢な日本語で言った。「ふうちゃん、とてもかわいいね。わたし、だいじにする。やくそくする」

本間はもういちどマイクと握手を交わした。そして友美に「頼んだぞ」と言った。友美は目の端に光るものをぬぐいつつ、「うん」と頷いた。

三人は搭乗ゲートをくぐった。

ふうちゃんは最後まで手を振り続けた。

やがて本間にとっていちばん大切なものは、目に見えなくなった。

33

「神楽坂ブックラボ」のオープン前日、よう子は美容室へ行った。帰ってきて紅茶で一息ついていると、希子から「本が出来上がったので持って行ってもよろしいですか」と連絡があった。よう子は「ぜひ」と返事した。

「希子ちゃんが来るってよ」と告げると、アンがそわそわし始める。

十五分もしないうちにチャイムが鳴った。アンがまっ先に駆け出していく。

「いらっしゃい」

よう子がドアを開けると、「こんにちは」と関西弁が返ってきた。近藤だ。

「あら」

「すみません、二人でお邪魔しちゃって」

と希子があとから入ってくる。「あ、よう子さん、髪切りました?」

「うん。さ、上がって」

アンが興奮して希子の足にまとわりつく。ハーネスをつけていない時に会うのは初めてだから無理もない。

「よしよし、お前にもおやつを持ってきたからね」

二人をダイニングに通し、キッチンでお茶を淹れているあいだ、これは何かあるわね、とよう子は思った。空気が張りつめている。トラブルだろうか。

お茶を出し、よう子も腰をおろした。

「これ、出来ましたわ」

と近藤が本を差し出す。手に取ると、布クロスのざらっとした感触が伝わってきた。

「緑……？」

よう子が本を撫でながらたずねると、「すごい！」と希子が驚いた。「なんでわかるんですか？」

「なんとなくわかる時があるの。あれ？」

タイトル文字の下にぷつぷつがあった。点字だ。よう子がそれを指でなぞると、

〝あいをたてる〟

と読めた。このタイトルにするとは聞いていたが、まさか表紙に点字をあしらうとは思いも寄らなかった。

「いやー。費用は嵩みましたが、やっぱり今回の体験型プロジェクトに点字は欠かせませんでっしゃろ。おとなりが印刷の町で助かりましたわ。泣きついたら勉強してくれはりま

した。点字のぷつぷつは木目調に加工してあります。緑の布地に、木のベンチ。図書館の中庭をイメージしたものです」

頭の中にイメージが広がる。よう子は抱きしめたいほどこの装幀（そうてい）を気に入った。

「さて、本日伺ったのはほかでもありません」

希子があらたまった口調で告げた。

「じつはよう子さんに、謝らなければいけないことと、お願いしたいことが一つずつあるのです」

34

オープンの日、本間は朝早くに目が覚めた。顔を洗い、ひげを剃（そ）り、昨晩のうちにアイロンを掛けておいたシャツに袖（そで）を通す。

トーストをかじりながら、S社のインスタをチェックする。リニューアルを同時進行で伝える画像には千件を超える「いいね」がついていた。お客さん、来てくれるといいな、とぼんやり思う。

朝食を終えると、窓をあけて空を見た。いい天気だ。今頃ふうちゃんはロサンゼルスの青空の下でパンケーキでも食べているだろうか。いつでも会える距離に息子がいないことが、こんなに辛(つら)いとは。でも、マイクがいい奴そうでよかった。友美とはどこで出会ったのだろう。

アパートにいても所在ないので、店へ向かった。

着くと、外から全体を見渡した。

一階はそのままだが、二階は外板を藍(あい)色に塗りなおし、

「神楽坂Ｂｏｏｋ Ｌａｂｏ」

の手書きふうの看板を出した。これだけでブックカフェ＆ギャラリーの雰囲気を出してしまうのだから、青山の手腕は流石(さすが)だ。

ぱんぱん、と看板に向かって柏手(かしわで)を打つ。

本間は一階のドアを開けて、本に朝の空気を吸わせた。靴をぬいで階段を上がると、素足に伝わる木の感触が心地いい。桐にしてよかった。

二階はまだ木の新鮮な匂いがした。テーブルと椅子はウォールナット素材。いつまでも触っていたくなるほど滑らかで重厚だ。

きのうＳ社から運び込まれた『あいをたてる』は各所にディスプレイした。なかでも本間のお気に入りは、かすみとホッファー二人だけのフェア台。フェアのタイトルは、

〝見えることと、見えないことの奇跡〟

かすみとホッファーの目が十五歳でまた見えるようになったのは奇跡だ。

かすみの目が見えなくなる代わりに、他人に見えないものが見えるようになったのも奇跡。

そもそも目は五億年ほど前に奇跡のように誕生した器官だという。

そして人々は普段この器官に頼りきって暮らしているくせに、いざとなると「大切なものは目に見えないのだ」というフレーズに限りない共感を寄せるのも奇跡のように思えた。ことほど左様に、この世は見えることと見えないことの奇跡に溢(あふ)れている。

本間は珈琲(コーヒー)メーカーの調子を確かめた。豆や焙煎(ばいせん)にこだわるまで手が回らなかったので、しばらくはセルフの飲み放題だ。ボタンを押すとカップに珈琲が注がれる。問題なさそうだ。

本間はテーブルで珈琲を飲みながら、ゆっくり全体を見渡した。想像以上の仕上がりだった。二階の清新な空気が、くたびれた一階も救ってくれそうだ。

オープンの十五分前、店先から「すみませーん」と希子の声がした。

降りていくと、——わかりきっていたことではあるが——希子と近藤のあいだに、盲導犬をつれた女性が立っていた。

「お久しぶり」

かすみが微笑(ほほえ)んだ。

「お久しぶり」

本間も微笑みを返し、みんなを二階へいざなった。

二階に着くと、希子がかすみの手をとって、「ほら、ここに米つぶの手紙が飾られているんですよ」と額縁に触れさせた。

「ほんとだ」

「で、こっちがカセットテープ。聴いてみます?」

「やめて。恥ずかしいから」

「おっ、もう外に並んでますやん」

近藤に言われて窓から覗くと、女性客が二人。本間は降りて行き、彼女たちを中へ招じ入れた。予定より三分早いが、「神楽坂Ｂｏｏｋ Ｌａｂｏ」のオープンだ。

それからは、ぽつぽつとではあるが、客足が途切れることはなかった。インスタを見てわざわざ来てくれた人や、たまたま通りかかった人、Ｓ社の人たちも様子を見にきてくれた。

「それじゃ僕は用事があるんで、いったん会社に戻ります」と近藤が言った。

「わかりました。七瀬さんは?」

「わたしは今日、ベタ付きできます」

「それはありがたい」

希子が二階に張り付いてくれたおかげで、本間は一階でレジ仕事や客の靴の整理に専念できた。もっとも、客がどんなふうに過ごしているのか知りたくて、十五分に一度は二階に上がって行った。

客はテーブルで本を読んだり、立ってディスプレイを眺めたりしていた。

希子は客から訊かれると、作品がうまれた経緯やディスプレイについて説明した。そしてかすみと客の会話をとりもち、珈琲豆を取り換えてくれた。

かすみは本が売れると見返しにサインし、要望があれば客と写真におさまった。盲導犬はじっと静かに伏せている。

客の滞在時間は三十分から一時間くらいが多かった。半分以上は『あいをたてる』を買って行ってくれた。

希子が休憩に入ると、かわりに本間が二階に入った。

客の前ではかすみのことを「竹宮さん」と呼んだ。「竹宮さん、サインお願いします」「竹宮さん、お客さんが質問あるそうです」「わんちゃん、トイレ大丈夫？」

話しかけるたびに距離が縮まり、ようやくかすみと同じ空間にいることに慣れてきた。

客とのやり取りを聞いていると、かすみはかすみのまま歳(とし)を重ね、〝竹宮よう子〟になったようだった。自分の中の柔らかな部分を守りつつ、強さも身につけるには、どれほどの労苦があったことだろう。

「えっ！」

テーブルで『あいをたてる』を読んでいた二十代の女性客が叫んだ。

「この話、お二人のことなんですか⁉」

「そうなんです」

本間は苦笑いを浮かべた。

「え～っ⁉　てことは、お二人はこの物語のあと付き合ったってこと？」

「残念ながら」本間は首を横に振る。

「じゃあ、じゃあ」

彼女は前のめりになった。「どうしていま、お二人はここにいるんですか？」

「それはまた別の話なんです」

「え～、超気になるぅ」

彼女は本を買うと、かすみと本間のツーショット写真を撮らせてくれと言った。

ぱちり。

「これ、ＳＮＳに載せてもいいですか？」

「宣伝して頂けるなら」

彼女が帰ったあと、「神楽坂ブックラボ」で検索してみたら、早速この写真がアップされていた。タイトルは「まじ奇跡‼」。二人で写真に収まったのは高校のプリクラ以来だが、あの時と同じように本間の笑みは少しぎくしゃくしていた。

三時ごろ、ハト先生が花束を持ってきてくれた。

「やあ、オープンおめでとう」

「ありがとうございます。そういえば先生のご助言どおり、人間ドックを受けましたよ」

「どうだった?」

「医者と機械の性能が疑わしくなるくらい、異常なしでした」

「よかったじゃん。安心を買ったと思いな。どれ、上がらしてもらおうか」

ハト先生が二階へ上がってしばらくすると、お喋(しゃべ)り声が聞こえてきた。どうやら即席の診断会が始まったらしい。本間が様子を見に行くと、女性たちは真剣に耳を傾けていた。

次にこのスペースを独占するのはハト先生じゃないかな、と本間は思った。

夕方、図書館で写真を撮らせてくれた高校生カップルが遠路やってきた。

女の子はモノクローム写真を見て、

「これ、うちらじゃん!」

「ほんとだ」

二人は写真を眺めた。なんかうちらじゃないみたいだね、と女の子がつぶやく。

二人はベンチに並んで『あいをたてる』を読んだ。

しばらくして読み終わると、女の子が言った。

「お二人に、こんなことがあったんですね」

目に涙を浮かべた彼女の初々しい感性がまぶしくて、本間は直視することができなかった。閲読料と珈琲代はおまけして、土産に一冊ずつ持たせた。

外が暗くなったころ、近藤が戻ってきた。

「おつかれさまです～。どうでっか」

「おかげさまで二十七冊売れました。なにげにホッファーも五冊ほど」

「そりゃ凄(すご)い」

近藤は靴箱をちらりと見て、「二階(うえ)は人口密度が高そうやから、僕は一階(こっち)で本でも見させてもらいますわ」と立ち読みを始めた。

二階からは桐床を踏みしめる音や、さざめき声が絶えない。

――いいな、店に人がいるって。

本間はその幸せを噛(か)みしめた。スマホを見ると、滝川からＬＩＮＥが届いていた。

〈すげぇ盛況じゃねえか！　インスタで見た。おれは今日乗務だから行けねーけど、あした十冊買いに行くから、用意しといてくれ〉

友美からも動画つきでＬＩＮＥが届いた。〈お父さん、すごい！　おめでと～〉とふうちゃんが祝ってくれる。本間はその十秒ほどの動画を何度も再生し、そのたびにニヤニヤした。

午後八時、最後の客を送り出して閉店。そのあと二階でささやかな慰労会を行った。

「いやー、大盛況でしたね」近藤が缶ビールをあける。

「お二人ともお疲れさまでした」と希子が言う。

「希子ちゃんこそ、ずっと立ち働きで疲れたでしょう。でも、こんなに人と話したのは初めて。とっても刺激的だったわ」

「よう子さん、今後はどんなペースにします？」

「わたしは毎日でも顔を出したいくらい。読んでくれた人とその場で話せるなんて、滅多にないチャンスだもん。ここまでの道順もわかったし」

「それじゃ今後のことは、お二人にお任せします」と希子が言った。「スケジュールがわかるたびに教えてください。〈著者ただいま来店中！〉の情報は随時アップしたいので。さて、それじゃ本間さんにもお伝えして、わたしたちはお先に失礼しよっか」

希子にうながされ、近藤がコホン、と小さく咳(せき)ばらいした。なにが始まるのか、と本間は訝(いぶか)しんだ。

「じつは僕ら、結婚することになりまして」

「ええっ⁉」

「思い起こせば六年前。新人研修で希子殿を初めて目にした時からわが胸は焦がれ、それからというも――」

「その話はいいから！　というわけで本間さん、今まで黙っててごめんなさいでした」

「いや、べつにそれはあれだけど、いやー、そうか。おめでとう！　知ってたの？」

かすみに訊ねると、

「きのう、スピーチを頼まれたから」

「そうなんですよ。お二人には結婚式にもご参列いただきたくて」

「もちろん、よろこんで」と本間は言った。

「ありがとうございます。それじゃわたしたちは、失礼しますね」

二人が去ってから本間は訊ねた。

「驚いたな。気づいてた？」

「ううん。でも、そうなるといいなって予感はあったかな。二人のあいだには繋がってる回路みたいなものがあったから」

「鋭いね、あいかわらず」

そこで本間は話の接ぎ穂をうしなった。口を開くと昔のことを蒸し返してしまいそうで、黙っていた。

するとかすみが言った。

「ねえ、きょうは何曜日?」

「えーっと、木曜日だね」

「じゃあ読んでよ」

「なにを?」

「木曜日は、なんの日だっけ?」

「あ、そっか」

本間はかすみの手を取り、ベンチへ誘(いざな)った。あの頃と同じく、彼女が右サイドで本間は左サイド。『波止場日記』を開き、二十二年ぶりのリーディングタイムが始まった。

あの夏が胸によみがえる。白い雲。青い芝生。まだ何者でもなかった二人が、真っさらなキャンバスに自分なりの藍を建てようと誓った日々。あれから二人は別々の道を歩んできたが、本間はいま彼女に対して紐帯(ちゅうたい)を感じていた。それは同じ航路に乗りあわせ、同じ景色を見てきた者に対する信頼感に似ていた。

本間は朗読しながら、また木曜日に本を読む相手ができたことに歓びを感じた。

やがて本を閉じると、「はい、今日はここまで」とあの頃と同じセリフを口にした。

かすみは微笑み、

「ありがとう、また会えてよかったわ」と言った。

本間も微笑んで答えた。

「ぼくもだよ」

主要参考文献

『しなやかに 生きる 見えない女たち』視覚障害者支援総合センター
『点訳のてびき』全国視覚障害者情報提供施設協会
『決断。』大胡田誠　大石亜矢子（中央公論新社）
『盲導犬クイールの一生』写真・秋元良平　文・石黒謙吾（文春文庫）
『フロックスはわたしの目』福澤美和（文春文庫）
『早稲田古本屋日録』向井透史（右文書院）
『古本屋になろう！』澄田喜広（青弓社）
『古本道入門』岡崎武志（中公文庫）
『古本通』樽見博（平凡社新書）
『ぼくはオンライン古本屋のおやじさん』北尾トロ（ちくま文庫）
＊その他、数多くの書籍やサイトを参考にしました。

解説／見えない他者とつながる奇跡

新川帆立

木曜日ってどんな日ですか。

十人に訊いてまわったら、十人とも違うことを言うのではないかと思う。

月曜日であれば、週初めの憂鬱な日。火曜日は徐々にエンジンがかかり始める。水曜日はトラブルが勃発したり、疲れが出始めたり。木曜日を飛ばして、金曜日までくれば週末まであと一歩という高揚感と解放感がただよう。

では木曜日は？

その人の素というか、ありのままの生活が出る日ではないか。

月曜から数えて、ちょうど一週間の真ん中に位置するのが木曜日だ。週初めのように、社会全体がどんよりと憂鬱なベールに覆われることもなく、週末のように業種や家族の都合に左右されることもない。その人自身の人生が等身大で現れてしまうのが木曜日だ。そこには、言い訳のできない生の自分がいる。

木曜日を物語の中心にすえた作者のセンスが、本作の肝である。人間の人生、生活を誇張も矮小化もせずに映し出している「等身大のトーン」こそが、本作一番の魅力だからだ。

本作では、二人の人物が語り部として交互に登場する。

一人目は、盲目の書評家、よう子である。老舗出版社のウェブ媒体で、オーディオブックに関する書評連載を持っている。

よう子は共感力過多の傾向があり、他人の想いを受け取りやすい。それゆえに幼少期から抱える葛藤もある。他方で、他者の想いを受けとめる力があるからこそ、本を読む楽しみを得て、本に救われてきた。そんなよう子が、熱心な編集者の勧めによって、エッセイに近い記事を書くようになり、さらには小説を書くようになる。他者の想いを受け取り、それに救われてきた一人の女性が、今度は自分の想いを伝える側に回っていく。

二人目の語り部は、神楽坂の古書店主、本間である。「〝地声〟が聞こえてくる本が好き」という本間の店には、日記、書簡集、随筆、文芸、民俗学、対談、回想録等々、一万冊超の選りすぐりの本が並ぶ。しかし店の売上は芳しくない。そんななか、離婚した妻やその子供との関係に変化が生じ、店を畳むことも検討するが――。

神楽坂を舞台に、一見無関係な二人の人生が交差し、意外な展開を見せていく。小説ならではの仕掛けや企みに、読者は膝をうつことだろう。

しかし何よりも、この作品がまっすぐに語りかけてくるのは、人と人とのつながりの温かさ、力強さである。人が想いを伝え、伝わり、通じ合う。それこそが本作で起きる「奇跡」の正体ではないかと思う。

本作に登場する編集者は、「想いを、売りたいんです」と語る。「他人の想いに触れることで、自分の中にあるモヤモヤした想いを引き出すことができる」と。

確かに本というのは、人の想いがつまったものだ。書いた人は遠く離れた場所にいて、会ったこともない。亡くなっている場合も多い。それなのに、時間も空間も越えて、通じ合うことができる。見ず知らずの著者がいつの間にか自分の中に棲みついて、我が物顔で語りかけてくる。そんなとき、本の向こう側に生身の人間を発見し、こう言いたくなる。「ぼくもだよ。」と。（その際、物理的に目が見えるかどうかは重要ではない。なぜなら、本の先にいる「見えない相手」とすら、つながることができるのだから。）

古書店主の本間は、人生に迷うたびに、ゴッホの書簡集を読んだり、エリック・ホッファーの日記を読んだりして、彼らと自分を重ねながら、時に落ち込み、時に背中を押してもらって進んでいく。彼にとって、本とは人そのものである。一冊一冊の本の背景に人を思い浮かべ、人を扱うように本を扱う。その眼差しはたいへんに優しい。本を読む人だけが辿りつける鷹揚な精神がそこにある。だからこそ、世俗のスピードについていけず、不器用にもがくことになるのだが——。

私も物書きの端くれである。名前と顔を出して、大ぜいの人を相手に商売していると、インターネットやSNS上での、心ない言葉に傷つくことがある。面と向かって言えないような強い言葉が不意に向けられて、ギョッとするのである。

SNSのアカウント一つをとっても、その先に生身の人間がいるということを、リアルに想像できない人がいる。バーチャルな世界に言葉の刃（やいば）が無数に飛び交い、その先にいる人の心を傷つける。現代における言論空間は、遠隔射撃合戦の様相を呈している。人と人がインスタントにつながれるようになったからこそ、他者の存在感が希薄になり、世界には自分と自分の消費対象しかいないような錯覚に陥ってしまう。

本作の登場人物たちが他者に向ける眼差しの優しさは、インスタントな言論空間に疲れた読者の心を温かく溶かしてくれる。他者をきちんと人間扱いする。相手もこちらを人間扱いする。そうやって芽生える人と人のつながりの力強さこそが、本作で描かれている「奇跡」である。

他者とつながるとはどういうことかを問いかけてくる、非常に現代的な作品だ。

さて、大上段に構えた話をしてきたが、本作の魅力はそれだけではない。

物書きの視点で技術的なことを言わせてもらうと、誇張も矮小化もない等身大の人間の生活が描かれていることに舌を巻いた。

本作で扱われているモチーフの一つ一つは決して軽くない。浮ついた扱いは適切ではない反面、重々しくとらえすぎるのも当事者の実感から外れていく。対象をとらえる距離の適切さとバランス感覚が卓越している印象を受けた。そして冒頭でも述べたように、木曜日に舞台を設定したことに、そのセンスが凝縮されていると思う。

さらに、物語に底光りする明るさがあるのが良い。十人の作家がいたら、そのうち八人は、同じ題材でもっと暗くてジメジメしたものを書く。そこで暗いほうに転がりすぎないのが、作者の人となりでありユーモアセンスなのではないかと（会ったこともないのに！）思うのである。

例えば、「ちくま文庫が好きな女に悪い女はいない」という一文。あるいは、

「妻を亡くした夫の回想録フェア（うんざりするほど多い）

夫を亡くした妻の回想録フェア（うんざりするほど少ない）」

という一節など、ページをめくるたびに、くすりと笑わせられる。

そのほか、本間が息子に促されるままにパンケーキの箱についてくる応募券を集め、一週間かけて作ったのは、なんと食洗器（！）の模型である。

こういうちょっとしたディテールの面白さによって、作品全体が明るいものになっている。

厳しい現実をみすえながらも明るい雰囲気を失わないのは、作者の他の作品にも通底する特徴ではないかと思う。

デビュー作『松田さんの181日』（文藝春秋）には、漫才作家の「私」と末期がんに侵された舞台俳優の「松田さん」の交友を描いた表題作をはじめ、成績不振のプロゴルファーをゴルフ誌の記者が見つめる「床屋とプロゴルファー」、高校生の「僕」が落ち目の不動産業者からしごきを受ける「僕だけのエンタテイナー」、経営が悪化した鉛筆メーカ

ーで専務がリストラに奔走する「浜えんぴつ燃ゆ」等々、背景に斜陽を置いた短編が並ぶ。だが不思議なことに、どの作品もほのかに明るく読後感は良い。

また長編作品では、西鉄ライオンズの周辺を舞台に、新聞記者とヤクザの交友を描いた『ライオンズ、１９５８。』（角川春樹事務所）、廃業寸前の出版社の奮闘を描く『イシマル書房　編集部』（角川春樹事務所）、ロスジェネ世代で満身創痍の主人公「僕」が高齢の友人「カンちゃん」との交友を深めるなかで一歩踏み出す『ロス男』（講談社、文庫化に際し『僕が死ぬまでにしたいこと』に改題）、地図づくりに生涯を捧げた男たちの青春譚『道をたずねる』（小学館）など、いずれも甘くない現実をとらえながらも、前向きでのびのびとした人々の魂が描かれている。

今回の作品で作者に共鳴し、「ぼくもだよ。」と思った方は、是非他の作品にも手を伸ばしていただきたい。きっとどの作品も、持ち前のユーモアと優しさで、あなたを出迎えてくれるだろう。

（しんかわ・ほたて／作家）

本書は、二〇二〇年十一月に小社より単行本として刊行されました。

ひ8-3

ぼくもだよ。神楽坂の奇跡の木曜日

著者 平岡陽明

2022年12月18日第一刷発行

発行者 角川春樹

発行所 株式会社角川春樹事務所
〒102-0074 東京都千代田区九段南2-1-30 イタリア文化会館

電話 03(3263)5247(編集)
03(3263)5881(営業)

印刷・製本 中央精版印刷株式会社

フォーマット・デザイン 芦澤泰偉
表紙イラストレーション 門坂 流

ISBN978-4-7584-4532-0 C0193 ©2022 Hiraoka Yomei Printed in Japan
http://www.kadokawaharuki.co.jp/[営業]
fanmail@kadokawaharuki.co.jp[編集] ご意見・ご感想をお寄せください。